MINERVA OSCURA

PROLEGOMENI:
LA COSTRUZIONE MORALE DEL POEMA DI DANTE.

GIOVANNI PASCOLI

Texte et illustration de couverture : © domaine public
Edition : Culturea (Hérault, 34)
Contact : infos@culturea.fr
Retrouvez notre catalogue sur http://culturea.fr
Imprimé en Allemagne par Books on Demand
Design typographique : Derek Murphy
Layout : Reedsy (https://reedsy.com/)

Dépôt légal : janvier 2023
Tous droits réservés pour tous pays

ISBN : 9791041841448

A

GASPARE FINALI

Eccell.mo Senatore,

questo mio studio fu già pubblicato, sebbene con alcuna varietà, nel Convito di Adolfo de Bosis, del mio Adolfo, uno dei cuori più nobili e degl'ingegni più forti che mi sia stato e mi sia per essere concesso di ammirare e di amare. In quel Convito, in cui elettissimi spiriti offrirono (con quale frutto di lodi e di grazie, Adolfo dirà) ai loro cittadini coppe ideali, ferventi di pensiero generoso, Χαῖρε καὶ πῶ τάνδε dicendo col poeta di Mytilene, anch'io fui così ardito di propinare; e pòrsi, tra altro, questi Prolegomeni della Minerva Oscura, quanto a dire, la chiave per entrare nel mistero di Dante. Era da cinque o sei anni il mio lavoro segreto e prediletto: lo meditavo per giorni interi e ne sognavo (sorrida o rida chi vuole; ma è vero!) le notti. Era la mia compagnia, il mio conforto, il mio vanto. Dai dispregi che mai non mi sono mancati, io mi rifugiava nell'oscuro Tesoro delle mie argomentazioni e divinazioni; le contavo e ripetevo, e ne uscivo raggiante di solitario orgoglio. Aver visto nel pensiero di Dante! Io ricordava spesso quella affermazione, che si legge nel Convivio di lui e che è riportata nel Cap. III di questi Prolegomeni: La vera sentenza.... per alcuno vedere non si può, s'io non la conto; ed estendevo alla Comedia ciò che egli dice delle canzoni conviviali; e soggiungevo: E io, la vera sentenza, io l'ho veduta! Sì: io era giunto al Polo del mondo Dantesco, di quel mondo che tutti i sapienti indagano come opera d'un altro Dio! Io aveva scoperto, in certo modo, le leggi di gravità di questa altra Natura; e quest'altra natura, la ragione dell'Universo Dantesco, stava per svelarsi tutta! E così concludevo, nel nostro Convito, con parlare della gloria che da ricerca e scoperta tanto importante doveva derivarmi.

Non sono da allora passati due anni, e, mentre la fede nei miei argomenti si è assodata per sempre, è svanito dal mio cuore ogni desiderio di gloria e di gloriola. Se vanità è la vita, la gloria è l'ombra gettata da quella vanità. Cancelliamo dunque quelle superbe parole! Mi perdoni chiunque ne sia rimasto scandalizzato! Oh! se la gloria è ombra di vanità, se è vaporazione di nulla, non è però così vana e nulla cosa il desiderio di essa. È un desiderio di sopraffare, è un desiderio di deprimere e di avvilire altrui. Via dal cuore così perverso fermento!

E il perverso fermento se ne è andato, e non c'è più dentro me se non una grande aspirazione a contemplare e ad amare. Sì che ora mi giova credere che anche in questa povera opera mia io non abbia fatto se non contemplare, con nessun altro fine se non questo di contemplare. Nè alcun altro frutto me ne venga, se non quest'uno, d'essere amato da chi contemplò, con me, il miro gurge Dantesco; e, se non da alcun altro, da lei, grande e buono onore e presidio mio; da lei che conosce Dante, come pochi altri; da lei

3

che ne scrive con tanta profondità di pensiero e tanta dignità di stile; da lei che, tra le
cure assidue e severe del suo alto uffizio, ne prende il coraggio del bene e l'inspirazione
del vero; da lei, infine, che ama Dante e ama (come è difficile, eppur dolce a dire!) ama
ancora questo minimo interprete di lui; come a dire, la stella che riluce nel cielo, e la
stilla, pendula e caduca, che di quaggiù la riflette.

Mi ama, illustre senatore, e io l'amo; e perciò dedico a lei questi Prolegomeni; non
senza pensare che così io vengo a fare atto di omaggio anche alla forte terra di
Romagna, che fu madre ad ambedue noi, e della quale Ella attesta la sanità e la
genialità, la fortezza e la gentilezza, con la virtù sua antica; a quella forte terra che
ospitò le grandi memorie e le grandi sventure, l'Impero e Dante; non senza pensare che
così per me si dà un supremo tributo d'affetto a quella cara anima nel cui pietoso
ricordo si strinse tra lei e me l'indissolubile nodo: a mio padre.

Messina, 20 Gennaio 1898.

Giovanni Pascoli.

Conoscere e descrivere la mente di Dante sarà mai possibile? Egli eclissa nella profondità del suo pensiero: volontariamente eclissa. Io già mi posi in cuore di seguirlo in una di queste sparizioni, nella quale, dopo aver detto, Mirate, egli lascia i nostri occhi in mezzo alla caligine. Se vedo questa volta, io dicevo, vedrò sempre, se lo comprendo in questa parte, lo comprenderò nel resto.

I.

Il luogo oscurissimo è dal VII al IX dell'inferno. E l'ora del tempo è mezzanotte. È mezzanotte quando il Poeta scende con Virgilio 'a maggior pieta', mentre era vespro quando si 'apparecchiava a sostener la guerra Sì del cammino e sì della pietate'. Cadono le stelle e persuadono il sonno: è l'ora che Enea, con voce che noi sentiamo risonare nei versi di Virgilio, grave e quasi velata, si fa a narrare l'ultima notte di Troia. E Dante che già nella sera, nel silenzio e sopore universale, si sentiva solo a vegliare di tutti i viventi, ora a mezzanotte pare oppresso da un sogno sognato per tutto il durare d'un viaggio notturno. E il viaggio pare uno di quelli che possiamo ricordare d'aver fatti da fanciulli (Dante è come un fanciullo vicino a Virgilio), un poco a piedi, poi portati di peso in carrozza, poi discesi senza averne coscienza intera, balzati di qua e di là, tra cigolii e schiocchi e scricchiolii e tonfi, con qualche carezzevole parola mormorata all'orecchio in mezzo a un rotolare continuamente e sordamente fragoroso. L'Ombra e il Vivente scendono accompagnati dal gorgoglio assiduo di un fossato di acqua buia, e questo fossato si fa palude, la palude della 'Tristizia', in fondo alla piaggia. E la palude è piena di strepito d'anime che rissano tra loro e di scoppi di bolle che vengono da altre anime fitte nel fango. Essi girano per un grande arco del margine e si trovano avanti una torre. La torre accenna con due fiamme sulla cima, e un'altra di lontano rende il cenno. Una barca s'appressa nel buio, e il barcaiuolo grida sinistramente. Entrano, vanno. A Dante apparisce, pieno di fango, il nemico morto che non riconosce lui e forse vuol salire nella sua barca; ma è da lui riconosciuto e respinto. Una scena infernale di odio e di sdegno e di giusta vendetta e di rabbia impotente e di battaglia tra morti, tramezza il viaggio della mezzanotte. Il vocio dei dannati s'allontana; ed ecco avanti avanti un immenso lamento, in fondo in fondo un rosseggiare di fuoco: è una città di ferro incandescente, Dite, il vero Inferno. Sbarcano, e per la prima volta Dante vede i 'da' ciel piovuti'; per la prima volta è lasciato solo; per la prima volta vede il Maestro, con gli occhi alla terra, dubitare e sospirare, l'ode parlare con parole tronche e raccontare una tetra storia di scongiuri e di luoghi fondi e bui. Lo interrompe l'apparizione delle Furie, viene in volta il Gorgon, e Virgilio chiude gli occhi a Dante con le sue mani. Quando egli è così senza vista, sente come l'appressare di un temporale. Viene il liberatore, un Messo del cielo che con una verghetta apre le porte di ferro. È il risveglio, finalmente: e Dante si trova in un cimitero con gli avelli scoperchiati, donde escono fiamme. Tra il sommo del pericolo, quando sulla cima della torre rovente si mostra il Gorgon, e il risveglio, è un ammonimento agli intelletti sani che sembra un lampo il quale aprendo a un tratto le

5

tenebre, le lascia più nere e inerti che mai. Or qui, più che in ogni altro luogo e momento, è dubbio e oscurità. Stige, torri, Flegias, parole di Virgilio, Furie, Gorgon, Messo: tutto mistero. Ma nello Stige, che cinge la città dolente, 'il fummo è più acerbo'.

Io pensava:

La sua Comedia volle Dante che parlasse 'faticosa e forte'; e certo egli credeva, come e più che per la canzone "Voi che, intendendo,„ che radi avessero a essere coloro che intendessero bene sua ragione, pago che la bellezza ne fosse veduta, se la bontà meno ne era sentita. Certo egli avverte nel poema stesso e di nascondere la dottrina sotto il velo dei versi e di volere ben forniti di dottrina i suoi lettori; d'essere cioè forte od oscuro, e faticoso o duro. Avanti le porte di Dite, quando le feroci Erine domandano il Gorgon e il Maestro chiude gli occhi a Dante, questi interrompe il racconto, che séguita col fracasso sonante per le torbide onde, dicendo al lettore:

O voi, che avete gl'intelletti sani,

Mirate la dottrina che s'asconde

Sotto il velame degli versi strani.

Così nella valletta dei fiori, finito l'inno della Compieta, prima di narrare lo scendere dei due angeli e il venire del serpente, si volge pure al lettore:

Aguzza qui, lettor, ben gli occhi al vero,

Chè il velo è ora ben tanto sottile,

Certo, che il trapassar dentro è leggiero.

Il velo è della lettera, è la sentenza letterale, il di fuori, e il vero è quello che si nasconde sotto il manto di quella favola: il di dentro, una verità, come egli dice, ascosa sotto bella menzogna. Il velo qui è sottile, il vero dunque facilmente trasparisce: perchè l'invito ad aguzzare gli occhi? Per comprendere la cosa, bisogna rileggere nel Convivio il perchè, quale egli lo espone, della 'fortezza' o 'gravezza' non solo delle canzoni, ma 'dello scritto che quasi Comento dire si può', che ordinato a levare il difetto della durezza in esse, è 'in parte un poco duro'.Dante scrive che per l'esilio e per il vento secco che vapora la dolorosa povertà, la quale ne fu l'effetto, essendo vile apparito agli occhi a molti, e non solo nella persona sua ma in ogni opera, sì già fatta, come quella che fosse a fare, gli conveniva con più alto stile dare nel Convito un poco di gravezza, per la quale paresse di maggiore autorità. Or, senza voler prendere alla lettera il divino autore della Comedia, bisogna pur credere che sì con l'allegorizzare, sì con la copia della dottrina e la sottilità dei ragionamenti, egli si proponesse più di essere alto che chiaro, secreto più che accessibile, autorevole più che persuasivo. Certo restringendo il discorso all'allegoria, facilmente si può vedere che se essa fu da Gesù adoperata nella forma di parabola per fare meglio intendere la sua divina parola, da altri fu usata, o per timore dei potenti al fine di schivare la loro vendetta, o per isfoggio d'arte, al fine di colpire d'ammirazione gli uditori. Nei quali casi, non si persegue dall'allegorizzatore il pregio della chiarezza, per la quale il suo pensiero sia aperto a tutti, ma il vanto dell'ingegnosità, con la quale o celi in parte il vero, sì che a questi sia manifestissimo, a quelli occultissimo, o a tutti lo ricopra, sì che bisogni a tutti affaticarsi per trapassar dentro. Or quando il Poeta ammonisce il lettore di aguzzar ben gli occhi al vero, egli, in certo modo, lo sfida, lo mette alla prova indicandogli un velo sottile attraverso il quale si può vedere da tutti, eppure non è detto che da tutti si veda; se ciò avviene d'un velo ben tanto sottile, che sarà dei velami più fitti e dei versi più strani?

Con tali parole adunque Dante ci ammonisce della 'fortezza' della sua Comedia, per l'allegoria che ne copre la sentenza; con altre ci ricorda la sua difficoltà, per la dottrina che è necessaria a intenderla:

O voi che siete in piccioletta barca

Desiderosi d'ascoltar, seguiti

Dietro al mio legno che cantando varca,

Tornate a riveder li vostri liti,

Non vi mettete in pelago; chè forse

Perdendo me, rimarreste smarriti

L'acqua ch'io prendo, giammai non si corse:

Minerva spira e conducemi Apollo

E nove Muse mi dimostran l'Orse.

Voi altri pochi, che drizzaste il collo

Per tempo al pan degli Angeli, del quale

Vivesi qui, ma non sen vien satollo,

Metter potete ben per l'alto sale

Vostro navigio, servando mio solco

Dinanzi all'acqua che ritorna eguale.

Il pelago o alto sale è la terza Cantica; la barca piccioletta che ai desiderosi d'ascoltare poteva bastare nelle altre due parti del Poema, più non basta. Certo, dottrina occorreva anche allora, ma ora più assai: allora bastava ascoltare e capire, ora bisogna avere dottrina anche di suo, per non rimanere smarriti quando si perdesse un poco di vista il legno del Poeta, e di udito la sua musica voce. Se ne ricava che la difficoltà della terza Cantica è non solo più forte delle altre due, ma di genere differente: si direbbe che in quelle proviene dalle allegorie o dai simboli, che pertengono all'arte del poeta e in questa più specialmente dalla profondità della scienza, che riguarda il filosofo e il teologo. Ma, insomma, egli stesso, Dante, ha confessato di voler essere oscuro e di volere ora esercitare l'acume, ora mettere a prova la dottrina de' suoi lettori. E guai se questo acume e questa dottrina fosse quanto e quale sarebbero stati necessari a scoprire il velo delle canzoni del Convivio! Starebbero sulla porta della Comedia queste parole di colore oscuro: La vera sentenza... per alcuno vedere non si può, s'io non la conto.

Ma a bene sperare, che il Poema sacro, sebbene volutamente faticoso e forte, sia pure accessibile alle nostre menti, invita una considerazione tra le altre. Il Poeta nel Convivio dichiara che dal suo Comento, un effetto può derivarne al lettore: 'non solamente... diletto buono a udire, ma sottile ammaestramento, e a così parlare e a così intendere l'altrui scritture'. Ora, non c'è bisogno di moltiplicare parole per intendere che dal capire la Comedia egli dovesse imaginare al lettore oltre quel diletto e quell'ammaestramento, un effetto di utilità più larga e profonda. Tutto il poema ci attesta che questo effetto il Poeta se lo proponeva come fine, e non aggiungo, principale; perchè principale fine del Poeta è veramente questo: fare poesia. Ma dopo questo, Dante adunque si proponeva un fine d'ammaestramento; e di quante e quali specie, non occorre dire; ma che esso avesse a essere 'vitale', dice da sè. Ora, come avrebbe egli cinto d'alte mura un fonte di vita? Sperare dunque che libera sia a quello la via, a chi la trovi, è ragionevole. E per trovarla, egli dice che bisogna seguir lui e non perderlo di vista o di udito, e sforzarsi di passare oltre il velo della parola, e dal di fuori entrare nel di dentro. Ebbene: io ricordo che in fine quegli che dà tali ammonimenti e consigli, è, in certo modo, un Dante diverso da quello che prima segue Virgilio e poi Beatrice; è bensì lui, ma esce in quel momento dalla mirabile finzione del suo canto e richiama su essa l'attenzione nostra: non è più l'attore, ma l'autore, che parla. Ora io credo che a noi convenga, per intendere il poema, seguire appunto l'attore, il Dante che figura come ammaestrato e guidato e illuminato continuamente e a mano a mano; prima da Virgilio, poi da Beatrice, e qua e là impara da tutti e da tutto; e finge, per mostrare agli altri come possano condurvisi, di essere tratto esso 'di servo... a libertate'. Da questa parte di Dante io penso che come è naturale che derivi non piccola oscurità, perchè l'autore, fingendo che l'attore sia ammaestrato nella verità via via, non può dire la verità, quale è, d'un tratto; così è sperabile che a noi venga la luce, se non presumeremo di precedere Dante stesso e di veder più di quello che egli stesso dice di aver veduto.

Egli non è lo scolare, che narrando come imparasse, chiarisca gli stadii del suo tirocinio con la luce, che solo al termine della lunga disciplina glielo illustrò; ma il discente, che volendo che gli altri imparino come esso, non nasconde il suo graduale passare dall'ignoranza alla scienza. Non è quel pellegrino che narra il suo viaggio come chi, dopo lungo incerto errare nell'ombra e nella penombra vide poi chiara a giorno fatto la via non veduta bene quando la percorreva nella notte e all'alba, e la descrive altrui quale la scorse al sole e non quale la intravide al buio o nella caligine; ma come chi guidando per un cammino già trito da lui un altro uomo nuovo di quello, voglia lasciargli provare tutti i dubbi e gli sconforti della via, per non menomargli la gioia del giungere, dopo aver brancolato; cioè di scoprire, dopo aver ignorato. Egli si mostra sin da principio, scolare diffidente e pellegrino timoroso. L'esito del viaggio e dell'insegnamento non fa sì che egli, nel raccontare, ci nasconda tale timore e diffidenza.

Dante s'abbandona subito del venire, dove Virgilio gli ha detto di menarlo, solo per fuggire il male della lupa, e 'peggio'; ma appena mosso con lui, disvuol ciò che volle, e Virgilio, per guarirlo della sua viltate e della sua tema (il linguaggio di Dante avrebbe fatto solo credere a una ispirazione di modestia), gli narra perchè venne, minutamente riferendogli non solo che ne fu pregato da Beatrice, ma che Beatrice fu mossa da Lucia e Lucia dalla Donna Gentile:

Dunque che è? perchè, perchè ristai?

Perchè tanta viltà nel core allette?

Perchè ardire e franchezza non hai?

Poscia che tai tre donne benedette

Curan di te nella corte del cielo,

E il mio parlar tanto ben t'impromette?

La virtù stanca di Dante si rinvigorisce, l'ardire gli corre al cuore; ma è solo la menzione delle tre donne benedette che lo fa tornare nel suo primo proposito. O non bastava dunque il 'parlare' di quello che di lì a poco egli chiama duca, signore e maestro? No: non bastava più, appena Dante fu libero del pericolo imminente. E perchè? pare che il perchè sia incluso nella preghiera volta al poeta:

Poeta, io ti richieggio

Per quello Dio, che tu non conoscesti.

Dante medita, certo, il fatto, che quegli che gli si offre a salvatore, non conobbe il vero Iddio; sa però che egli è (mi si perdoni l'espressione) l'Evangelista degli atti di Enea e delle geste di Roma, e ha narrato della discesa di Enea. Ma diffida, diffida:

Tu dici, che di Silvio lo parente,

Corruttibile ancora, ad immortale

Secolo andò, e fu sensibilmente.

Con quanto maggiore asseveranza dice continuando:

Andovvi poi lo Vas d'elezione!

Nell'effetto di questi due straordinari fatti Dante trova motivo a crederli come giustificati così veri; e chi conosce il poeta, sa che l'effetto del primo non doveva parergli minore del secondo: tuttavia, nella sua finzione poetica, non mostra certo con la frase attenuata 'Non pare indegno ad uomo d'intelletto' e con la parentesi 'A voler dir lo vero', quella sicurezza che ha dicendo:

Per recarne conforto a quella fede

Ch'è principio alla via di salvazione.

Nè sfugga che dopo il primo grido 'Per quello Iddio che tu non conoscesti', ora che parla dietro la meditazione della paura e del dubbio, non pronunzia più il proprio nome di Dio, ma circoscrive o accenna: 'l'avversario d'ogni male', 'altri'. Però, alle 'parole' di Virgilio, ora che echeggiano altre 'vere parole', crede più che al 'parlare' di prima; e ogni dubbio o timore è svanito. Per sempre? Tutt'altro. 'Sospetto' e 'viltà' mostra subito all'ingresso dell'inferno, e ha bisogno del 'lieto volto' del maestro per riconfortarsi. Ma il volto non è sempre lieto; basta che diventi smorto per pietà, perchè Dante (che noi vediamo sempre fisso nel duca) esiti a scendere:

Come verrò, se tu paventi

Che suoli al mio dubbiare esser conforto?

La persuasione dunque ispiratagli dalle parole di Virgilio, le quali sono eco delle parole di Beatrice, non dura salda e immutabile e ha bisogno di sempre nuove conferme.

E nel secondo cerchio ha subito di che alimentare la sua coperta diffidenza, nelle parole di Minos:

Guarda com'entri, e di cui tu ti fide;

se non che il Maestro è pronto a ribattere la insinuazione, come diremmo noi, del giudice infernale. Nè può, nel terzo, incorarlo il notare che il gran vermo mostra le sanne, non a lui solo, ma a tutti e due:

Quando ci scorse Cerbero, il gran vermo,

Le bocche aperse, e mostrocci le sanne.

Se avesse compreso che solo esso era il minacciato e non Virgilio, avrebbe creduto di avere in lui un ausiliatore sicuro; ma Virgilio era con lui accomunato nel pericolo. Vero è che anche questa volta il Maestro è pronto, non con le parole più, ma con le pugna piene di terra. Nel quarto cerchio il timore di Dante ha tempo di manifestarsi, alla voce chioccia di Pluto; chè il Maestro gli si volge per confortarlo;

Non ti noccia

La tua paura, chè, poder ch'egli abbia,

Non ti torrà lo scender questa roccia.

Finora, in tutti i quattro cerchi, Dante o esplicitamente o implicitamente ha narrato di avere avuto paura; il che vuol dire che egli non si fidava ancora perfettamente di Virgilio: al quinto poi, la sua sfiducia è tanta, che egli propone di ritrovar l'orme loro:

Pensa, Lettor, se io mi sconfortai

Nel suon delle parole maledette;

Ch'io non credetti ritornarci mai.

O caro duca mio, che più di sette

Volte m'hai sicurtà renduta, e tratto

D'alto periglio che incontro mi stette,

(non sono veramente nemmeno sette le volte, e questa esagerazione attesta il timore presente, e le parole che seguono provano, se ce n'è di bisogno, il timore passato)

Non mi lasciar, diss'io, così disfatto:

E se 'l passar più oltre c'è negato,

Ritroviam l'orme nostre insieme ratto.

Lasciato solo un poco, Dante è in forse; e il sì e il no gli tenzonano nel capo; vedendo poi tornare il suo Signore con passi rari, con gli occhi alla terra, senza baldanza e sospiroso, egli sbigottisce e la viltà gli spinge sul volto il pallore; e al sentirlo parlare interrotto e tra sè, impaura sempre più e ci confessa di aver molto dubitato che si avverasse la speranza e l'aspettazione di Virgilio che di qua dalla porta dell'inferno alcuno discendesse l'erta. Ora non poteva essere, se mai, se non dal Limbo, chè gli altri dannati sono dalla loro colpa circoscritti al loro cerchio; e Dante appunto domanda se dal Limbo può alcuno venire negli altri cerchi più bassi. Virgilio mostra di credere che la diffidenza di Dante non sia per l'aspettato salvatore, ma per lui stesso; e risponde assicurandolo che già altra volta fece il viaggio; e quindi:

Ben so il cammin: però ti fa sicuro.

Ma Dante non si fa sicuro, se non appresso le parole sante del messo del cielo, e nel sesto cerchio può fare, in certo modo, ammenda de' suoi dubbi, dicendo al Maestro cui ora segue docilmente ('io dopo le spalle'):

O virtù somma, che per gli empi giri

Mi volvi,... come a te piace.

Certo, passata la porta di Dite, Dante ha ragione di credere al Maestro, e (subito, prima di scendere nell'abisso inferiore) ne dà la prova, richiedendogli un compenso del tempo che sono altrimenti per perdere, e ne ottiene la dichiarazione di tutto l'Inferno.

Or come mai questa dichiarazione minuta ed esatta non è pur tale da togliere ogni difficoltà che c'impedisce di vedere la costruzione morale dell'Inferno, e perciò il sistema filosofico di tutto il poema? Io credo che ciò venga dal fatto che Dante stesso non ha voluto esser chiaro. E perchè? Giova rispondere domandando: perchè Dante non si fidava troppo e qualche volta apertamente dubitava di Virgilio? La risposta è facile: perchè Virgilio è simbolo di cosa, in cui noi abbiamo torto se riponiamo intera e infinita fiducia, sia essa cosa la Ragione o sia la Filosofia; e solo a lei dobbiamo credere, quando ci dimostra d'essere mossa da quelle tali tre donne che si chiamano la Donna Gentile, Lucia e Beatrice, di essere mossa da Beatrice, per limitarci, e di andare a Beatrice:

Con lei ti lascerò nel mio partire.

Ora, se la esposizione filosofica delle colpe punite in Inferno non c'è chiara, noi possiamo fondatamente credere, che chiara non è appunto perchè fatta da chi chiara non la poteva fare. Al che possiamo aggiungere che, anche potendo, Virgilio non l'avrebbe al tutto chiarita, perchè egli è il Maestro, e il Maestro deve lasciar lavorare l'intelletto del discepolo. Dei quali due punti accenno la prova, rimandando a ciò che Virgilio stesso dice nel Purgatorio, nell'esposizione che fa del Purgatorio, al verso 139 del XVII per il secondo punto, e ai versi 46-49 del XVIII per il primo. Dai quali ultimi versi possiamo ricavare la conclusione che Virgilio può dire solo 'quanto ragion qui vede'. E che vedeva la ragione dunque nell'ordinamento e divisione dei peccati nell'Inferno? Vedeva, quanto aveva insegnato il maestro di color che sanno, di cui è appunto citata l'Etica e la Fisica. Noi possiamo aggiungere il libro de Officiis di Cicerone, sia che Dante avesse letto l'opera intera, sia che ne conoscesse solo alcuni estratti.

Che dobbiamo concludere sulla 'costruzione morale', dell'Inferno? sulla divisione de' peccati? Questo: che delle tre disposizioni che il Ciel non vuole, una, l'Incontinenza, è punita fuori della città roggia, e le altre due, Malizia e matta Bestialità, dentro: che queste due equivalgono poi a una triplice Malizia, di cui ingiuria è il fine, della qual Malizia le tre specie sono Violenza, Frode in quello che fidanza non imborsa, Frode in colui che si fida, o 'di chi trade'. Può alcuno anzi tenere che la matta Bestialità sia cosa diversa da questa triplice Malizia. D'Incontinenza sono certo tre peccati di cui Dante discepolo di Virgilio conosceva già il nome: peccato carnale o vizio di lussuria (V 38 e 55) di coloro che mena il vento; colpa della gola (VI 53) di quelli che batte la pioggia; avarizia (VII 48) o spendio senza misura o mal dare e mal tenere degli altri che si incontran con sì aspre lingue. Sa forse anche il nome del peccato di quei della palude pingue? In essa sono l'anime di color cui vinse l'ira (VII 116), e sono anche i tristi che portarono dentro accidioso fummo. Il peccato è dunque duplice e contrario, come di quelli del quarto cerchio: ira e accidia. Nulla si potrebbe dire, a questo punto, di più chiaro: or come si parlava d'oscurità o d'incompiutezza? Oh! oscura è sì, e incompiuta la sposizione di Virgilio. Lasciando da parte il punto della matta Bestialità, della quale io non mi sono mai resa ragione come abbia potuto suscitar dubbi e dispute, e stringendo in poche parole il molto che si è scritto, come mai dei sette peccati capitali, due l'Invidia e la Superbia, non sono puniti nell'inferno Dantesco? O sono puniti sì, ma con altro nome e con altro sistema, dentro Dite, dove con l'Invidia e la Superbia, avrebbero la loro pena un'Ira, una Lussuria, una Cupidigia o che so io, più gravi di quelle dei cerchi primi e dello Stige? Ma perchè, se questi che sono peccati minori hanno un luogo a loro ordinato fuori di Dite e, qua e là, dentro, la Superbia e l'Invidia l'avrebbero solo dentro Dite? Non si risponda: sono più gravi; perchè di qua da Dite quella gradazione, per cui Lussuria è meno grave di Gola e Gola di Avarizia e Avarizia di Ira e Accidia, non si potrebbe trovare più osservata, se, per esempio, lussurioso è Brunetto, e iracondo, per esempio, Azzolino. E così come di questi cinque peccati, si troverebbe degli altri due. Ma può essere che questi due si trovino nello Stige, accennati appena con un aggettivo o mostrati con un atteggiamento. Può anche essere; ma allora, credendo che così sia, io dovrei sempre concludere, come concludo credendo che ciò non sia, che l'insegnamento di Virgilio è oscuro, o perchè la ragione, sebbene illuminata dalla filosofia Aristotelica, non vede assai, o perchè il Maestro vuole esercitare il discepolo e avvezzarlo a cercar da sè, o per tutte e due le ragioni insieme. Certo Virgilio stesso fa intendere l'insufficienza dei lumi filosofici, quando cita, sia pure per confermare una sentenza d'Aristotele, un libro di tutt'altra natura che l'Etica e la Fisica (la 'tua' Etica, la 'tua' Fisica: si noti): lo Genesi.

Utile e necessario è andare all'altra lezione che Virgilio fa a Dante, nel Purgatorio, sull'ordinamento di questo. Io osservo che, mentre nell'Inferno Virgilio ha ragionato partitamente dei tre cerchietti che avevano ancora a vedere, nel Purgatorio tace del come è tripartito l'Amore che sopra loro si piange per tre cerchi:

L'amor ch'ad esso troppo s'abbandona,

Di sopra noi si piange per tre cerchi;

Ma come tripartito si ragiona,

Tacciolo, acciocchè tu per te ne cerchi.

Ora in questi tre cerchi si espiano l'Avarizia, la Gola, la Lussuria, i quali peccati sono in Inferno puniti, non nei tre cerchietti che erano ancora da visitare, ma nei tre già visitati prima dello Stige. È in ciò una corrispondenza, dirò così, esterna, poichè nell'Inferno si parla di ciò che è da vedere e si tace, sulle prime, di ciò che si è veduto, e nel Purgatorio, al contrario, si parla di ciò che si è veduto e si tace, almeno in parte, di ciò che è da vedere. E ciò che si ha a vedere è di sopra ai parlanti, nel Purgatorio, e di sotto, nell'Inferno, e ciò che si è veduto, al contrario. Ma vi è anche una corrispondenza meno materiale e locale; poichè nel Purgatorio Virgilio non dà una particolare definizione dei tre peccati che si piangono di sopra loro, e lascia che Dante ne cerchi per sè, mentre nell'Inferno questi medesimi tre peccati Dante aveva chiaramente richiamati alla sua mente: 'Quei... Che mena il vento e che batte la pioggia E che s'incontran con sì aspre lingue', ossia i peccatori carnali, i rei delle colpe della gola, i rei di non misurato spendio. Ai quali sono d'aggiungere quei della palude pingue, ossia color cui vinse l'ira e che portaron dentro accidioso fummo. Non parrebbe che il Poeta volesse a noi, come Virgilio faceva a lui, dichiarare solo quello ch'era necessario, sorvolando su ciò che non era? Or dunque dichiarare più minutamente nel Purgatorio i tre peccati di Avarizia, Gola e Lussuria non era necessario? Non era, e in fatti è cosa che s'intende da tutti, come tripartito si ragiona quell'amore. Perchè? Il perchè, nell'economia del poema, non può essere, se non per il fatto che Dante rispetto a Virgilio, e noi rispetto a Dante, siamo chiariti dall'aver visto già quei tre medesimi peccati d'incontinenza nell'Inferno, e dall'averne anche appreso il nome. E solo per questo Virgilio assegna a Dante quel leggiero cómpito, quasi dicesse: Oh! vediamo se il viaggio per loco eterno ha fruttato! vediamo se tu ricordi e ciò che hai veduto e ciò che io t'ho detto. Ora, se questi tre peccati Virgilio lascia riconoscere a Dante, perchè facili a riconoscere, gli altri, di cui esso stesso dà i contrassegni e la definizione, facili a riconoscere non sarebbero stati. E perchè? perchè non visti nell'Inferno, onde a Dante manca la esperienza e l'insegnamento? Può essere, sebbene a nessuno possa venire in mente che di essi l'ira non sia stata veduta; ma può anche essere che se ne discorra ora più chiaramente, perchè allora ne fu parlato oscuramente. E, accettando per un momento quest'ultima supposizione, noi troveremmo a un tratto quella prima corrispondenza che io dissi, illuminarsi e illuminare noi: tutte e due le esposizioni hanno una parte chiara, la prima, e una parte oscura, la seconda; la prima che riguarda ciò che fu veduto, la seconda ciò che è ancor da vedere; ma poichè sono in ordine inverso tra loro, così la parte chiara della prima spiegazione getta la sua luce sulla parte oscura della seconda, e la parte chiara della seconda illumina la parte oscura della prima. E ciò condurrebbe a questo: come Dante, avendo sentito definire rei d'incontinenza quelli che aveva udito chiamare peccator carnali o di lussuria, colpevoli della gola, dannati per non misurato spendio, poteva facilmente riconoscere quelli che per tre cerchi piangevano l'amore che troppo s'abbandona al bene che non fa l'uom felice; così sentendo ora nel Purgatorio, che i superbi, gl'invidi e gl'irosi espiavano il triforme amore del male, doveva, ripensando alla spiegazione udita nell'Inferno, concludere che i peccatori dei tre cerchietti, rei di malizia, di cui ingiuria è il fine e che si distinguono in tre specie, secondo che l'ingiuria è con forza o con frode o con tradimento, erano appunto irosi, invidi e superbi. Ma poichè concludere è precoce, teniamo almeno questo per fermo: che le due esposizioni riguardano, l'una e l'altra, sette divisioni di peccatori: la prima quattro già vedute,

quei della palude pingue,

Che mena il vento e che batte la pioggia

E che s'incontran con sì aspre lingue,

e tre da vedere in tre cerchietti; la seconda tre già vedute, i rei del triforme amor del male, e quattro ancora da vedere, i rei di lento amore e di amore che troppo s'abbandona; che insomma l'una ha dietro sè quattro peccati e tre innanzi, e l'altra quattro innanzi e tre dietro; e che è fuor di dubbio che alle due spiegazioni tre sono comuni di questi sette peccati. Nove sono nell'inferno i gironi, ma i peccati di cui ragiona Virgilio, sono sette. Sette e non più, sette come quelli del Purgatorio.

Non è dunque assurdo tenere sin d'ora che la lezione dell'Inferno lascia qualche cosa da meditare al discente. È compiuta quella del Purgatorio? No; e noi potremo da ciò confermare la nostra opinione su quella dell'Inferno. Non è compiuta; e questa volta (per qual ragione se non perchè Virgilio non è più per essere con lo scolare dopo visitato il Purgatorio?) questa volta Virgilio ne ammonisce Dante:

Quanto ragion qui vede

Dirti poss'io; da indi in là t'aspetta

Pure a Beatrice, ch'opera è di fede.

Che sia ciò che la ragione non vede e che solo Beatrice può dire, è accennato più sotto quando, dopo aver discorso della 'virtù che consiglia, Che dell'assenso de' tener la soglia', donde in noi cagione di meritare, conclude:

La nobile virtù Beatrice intende

Per lo libero arbitrio, e però guarda

Che l'abbi a mente, s'a parlar ten prende.

E Beatrice in vero gliene parla nel Paradiso (V 19) per affermare la nobiltà di essa virtù, che è il maggior dono che Dio fece agli uomini. Tuttavia sappiamo che in Dante era un dubbio; un dubbio che si riporta più alle parole di Virgilio, che a quelle di Beatrice; a ciò che egli dice

Quest'è il principio, là onde si piglia.

Ragion di meritare in voi.

Non dubita Dante che noi non abbiamo facoltà di accogliere e vigliare buoni e rei amori: no; la spiegazione filosofica lo appaga nè d'altro richiede Virgilio. Ma ciò che a Virgilio avrebbe domandato invano e che perciò tacque, è cosa fuori di questa libertà di accogliere e vigliare, è oltre la filosofia e la ragione. Tutti hanno sì il libero arbitrio, e perciò cagione di meritare: or come alcuni e molti anzi, accogliendo tutti i buoni amori, non riuscirono e non riescono a meritare? Questo è il dubbio che Dante confessa di avere concepito, secondo la finzione poetica, a questo ragionamento di Virgilio, che ammonisce di non poter dire se non quanto ragion vede: questo

il gran digiuno

Che lungamente m'ha tenuto in fame,

Non trovandogli in terra cibo alcuno.

Dante non ha bisogno di esprimerlo: l'Aquila lo solve e poi lo rivela:

tu dicevi: Un uom nasce alla riva

Dell'Indo, e quivi non è chi ragioni

Di Cristo, nè chi legga, nè chi scriva;

E tutti i suoi voleri ed atti buoni

Sono, quanto ragione umana vede,

Senza peccato in vita o in sermoni.

Muore non battezzato e senza fede;

Ov'è questa giustizia che il condanna?

Ov'è la colpa sua, s'egli non crede?

Il dubbio di Dante è sciolto. Io non devo osservare altro, se non che questa risposta dell'Aquila alla pensata domanda del discepolo, è fatta, quando ad esso resta salire in tre sfere, Saturno, Stelle fisse, Primo Mobile; non contando l'Empireo, che tutte le comprende. Così nell'Inferno dopo la esposizione di Virgilio, Dante ha tre cerchietti da visitare. E sebbene nove gironi abbia l'Inferno, abbiamo veduto come tra esso e il Purgatorio che ha sette cornici, sia un'esatta proporzione di parti. Non sembri dunque che sì fatta corrispondenza sia compromessa dal numero nove delle sfere. Nove, ripetiamo, gironi ha l'Inferno, ma nella esposizione sua Virgilio non parla se non di sette peccati. E in vero i peccati dalla filosofia cristiana furono ridotti a sette. Nel Purgatorio Virgilio li fa discendere da una causa sola: l'amore che erra o per malo obbietto o per poco vigore o per troppo nel proseguire l'obietto del bene. L'amore che erra per malo obietto, genera tre peccati: superbia, invidia, ira; quello che per poco vigore, uno, l'accidia; quello che per troppo, tre, anch'esso, avarizia, gola, lussuria. Non è questo l'ordine che hanno i peccati in S. Tomaso (2ª LXXXIV 7). L'ordine dei peccati come è in Dante si trova in S. Bonaventura (Comp. III 14), in Ugo di S. Vittore (All. in Matthaeum II, XV e seg. Institutiones Monasticae, XXXVIII), in S. Gregorio (Mor. XXXI 31). Per quali riguardi sono essi peccati così distribuiti nei Teologi e in Dante? Ma in Dante erano veramente distribuiti e ordinati così? Nel Purgatorio, non era dubbio; ma nell'Inferno? Dei sette peccati dell'Inferno, quale era la ragione e la natura? Di tre la sapevo: degli altri quattro, no.

Io dissi: Esaminiamo a uno a uno questi quattro peccati oscuri. E cominciamo dall'ultimo, da quello del nono cerchio. Ivi è L'imperator del doloroso regno. — Come sei caduto dal cielo, Lucifero, che di mane sorgevi?... Tu pur dicevi in cuor tuo, "In cielo salirò, porrò sopra le stelle di Dio il mio soglio, sederò sul monte del Testamento, ne' lati di verso settentrione. Ascenderò sopra l'altezza delle nubi, simile sarò all'Altissimo,,: E pur sei tratto giù nell'inferno, nel profondo del lago (Isaia XIV 12). — Non era dubbio per me, come per nessuno, che il peccato primo dell'Angelo non fosse altro se non la superbia (Summa 1ª LXIII 2). Quale l'inizio del mal volere, domanda S. Agostino (Civ. D. XIV 21), potè essere, se non la superbia? Nel fatto la superbia è appetito di perversa eccellenza (Civ. D. XVI 13), è amore di primazia. E poi che Dio è massimo e primo, nella superbia è la ribellione a lui. Questo dunque era chiaro a me come a tutti, che Lucifero fu superbo, anzi la superbia stessa. Ma poi che essa è l'inizio d'ogni peccato (Eccles. 10, 15) io potevo con gli altri credere che Lucifero fosse nel fondo, come principio del male. E così credei. Ma in tanto io proponeva a me stesso: Come la superbia è inizio d'ogni peccato? Mi rispose il Dottore d'Aquino, il quale, dopo avermi insegnato che in ogni peccato è un volgersi verso un commutevole bene e un ritorcersi dal bene immutabile che è Dio, affermava che nella superbia il torcersi da Dio non proveniva da ignoranza o debolezza o desiderio di alcuna cosa, come negli altri peccati, ma da ciò 'quod non vult Deo et eius regulae subiici (1ª 2ae LXXXIV 2)'. In questo modo ogni peccato comincia con la superbia, ossia col disprezzo di quella tal legge di Dio, che proibisce quel tal atto. Ma se in ogni peccato è superbia, vi è anche una superbia di per sè; se gli altri peccati, come dice Boezio, fuggono da Dio, la superbia sola a Dio si pone di fronte. E così in vero fece il bellissimo degli Angeli, che contra il suo fattore alzò le ciglia, e così fecero i Giganti, che sperimentarono la loro potenza contra il sommo Giove. Onde l'uno e gli altri ben mi parvero acconci simboli di superbia. Ma se la superbia di Lucifero si estrinsecò con alzar le ciglia contro Dio, e quella dei Giganti col menar le braccia contra Giove, come, domandavo io, si estrinseca la superbia degli uomini secondo i Padri, i Dottori e Dante? Certo col porsi di fronte a Dio, col non volere sottomettersi a lui e alla sua regola. Ma poi che tal regola consiste in molte leggi e precetti cui chi viola, commette questo o quel peccato, che è mosso bensì da superbia, ma non è la superbia, io vedeva di non poter profittare nella mia ricerca, se non riducevo tutte queste leggi e precetti a una legge e a un precetto solo, che fosse la regola di Dio per l'Uomo, la quale chi violasse, fosse reo di superbia e non d'altro peccato. Ora, come questa regola, per l'Angelo appena creato, consisteva solo in questo, di riconoscere da Dio la sua creazione e aspettar lume, ed egli non la riconobbe e non lo aspettò e cadde, così per l'Uomo fu tempo che si riduceva al solo divieto del pomo. Perchè rompere sì fatto divieto fu, come tutti affermano, superbia? Perchè il Tentatore disse ad Eva: "Dio sa che in qualunque dì mangerete di quello, s'apriranno i vostri occhi e sarete come Iddii, conoscenti del bene e del male,,? Onde il Poeta

... là dove ubbidia la terra e il cielo,

Femmina sola, e pur testè formata,

Non sofferse di star sotto alcun velo.

Alle mie domande rispondeva S. Agostino (Civ. D. XIV 12 e segg.). Rispondeva che essi avevano appetito una falsa primazia; che falsa primazia è lasciare quello, a cui l'anima deve aderire come a suo Principio, e farsi in certo modo ad essere Principio a sè stessi. Rispondeva che l'atto superbo consisteva nel trasgredire quell'unico precetto, che provava la loro dipendenza da Dio. Rispondeva: 'tam leve praeceptum ad observandum, tam breve ad memoria retinendum.... tanto maiore iniustitia violatum est, quanto faciliore posset observantia custodiri'. Or questo mirabile comento mi parve dovesse spiegare la superbia, come nei primi parenti, così nei loro figli. Me ne persuadeva una parola, che al bel principio mi sembrava quasi sfuggita a Virgilio nella sua esposizione aristotelica e messa quasi fuor di posto, e perciò, subito dopo, mi si mostrò piena di potenza illuminatrice per il pensiero di Dante: lo Genesi. Virgilio dopo aver richiamato alla mente di Dante l'Etica e poi la Fisica dello Stagirita, concludeva, a compiere il suo trattato delle tre disposizion che il Ciel non vuole, con rammemorare quel libro della Sacra Scrittura. Questo libro dunque come valeva a dimostrare la via 'dell'usuriere', così poteva servire a rischiarare anche il resto. Vediamo adunque. Adamo ed Eva furono rei di superbia, perchè violando l'unico divieto posto loro da Dio, a lui si posero direttamente di fronte e ne misconobbero tutta l'autorità e vollero divenire Principio e Regola a sè stessi; e poi che il divieto era facilissimo ad osservare, trasgredirono un precetto che, una volta violato, non poteva essere scusato con nessuna imaginazione di giustizia (Civ. D. XIV 13). Ora, per quel primo peccato, si moltiplicarono agli uomini i divieti: non è dunque il caso di trovare quell'uno solo, violato il quale, l'Uomo si pone direttamente contro Dio; ma non è difficile trovare quello che è sì facile ad osservare, che non osservato non possa essere scusato in alcun modo. I divieti e i comandamenti di Dio agli uomini si contengono nel Decalogo, de' quali l'ultimo è 'Non desidererai l'asino del prossimo tuo', e il primo 'Non avrai Iddii altrui in mia presenza'. Or di questi precetti di giustizia quale è o quali sono quello o quelli che con maggiore ingiustizia si violano? Chiaro che quello o quelli che possono essere osservati con obbedienza più facile. E così con minore ingiustizia si violeranno quelli cui osservare è più difficile. E quale cosa è più difficile che custodire il suo cuore dal desiderio? Dal desiderio del servo, dell'ancella, del bue, dell'asino o di altro che sia del tuo prossimo? Pare che ultimo sia messo tale divieto a dimostrare che chi osserverà, oltre gli altri, anche questo così difficile, debba considerarsi perfetto; e che a mano a mano sia meno virtuoso e giusto chi viola gli altri, a farsi dall'ultimo, finchè violando il primo è a dirittura malvagio ed empio.

Questo dunque io avevo fermo nel pensiero, quando, leggendo in S. Tomaso d'Aquino, vidi che era da trascurarsi nella mia ricerca la gradazione tra i singoli divieti e comandamenti, e che si doveva attendere a una divisione più larga e generale dei precetti della prima Tavola e di quelli della seconda, giusta la dilezione di Dio e del prossimo. I primi tre sono della prima, gli altri sette della seconda; ma di questi ultimi il primo 'Onora il padre tuo e la madre tua, perchè tu campi molti anni sulla terra, che il Signore Iddio ti darà', si pone (2ª 2ae CXXII 5) 'immediatamente dopo i precetti che ci ordinano verso Dio, perchè i genitori sono particolare Principio del nostro essere, come Dio ne è il Principio universale. Onde è una tal quale affinità di questo precetto a quelli della prima Tavola'. Inoltre questo precetto, essendo distinto dai tre primi per ciò che esso è intorno ad atti di pietas, che è della iustitia parte seconda, mentre la prima e principale è la religio, intorno a' cui atti sono i tre primi, è pur distinto dai sei ultimi perchè questi sono dati intorno alla iustitia communiter dicta, che è tra uguali (2ª 2ae CXXII 1). Sì che io potevo distinguere i precetti di Giustizia in quattro che sono di atti di Religione e Pietà, e altri sei che sono di atti di Giustizia propriamente detta. Conclusi adunque che tali precetti di Religione e Pietà erano quelli che con obbedire più facile possono essere osservati, e perciò con maggiore ingiustizia sono violati. Così io mi avviavo a riconoscere che era ben possibile che Dante, secondo la dottrina di Agostino e di Tomaso, dicesse superbi quegli uomini i quali, a somiglianza di Adamo e di Eva, avessero violato quei precetti che, una volta violati, non si potevano scusare con alcuna imaginazione di Giustizia, e che questi precetti fossero quelli della prima Tavola più il quarto che è affine ad essi. Tanto più, quanto veramente a Dio si pone direttamente a fronte chi misconosce il Principio e universale e particolare del nostro essere, e, poi che trasgredisce ciò che per i primi Parenti era l'unico e per i loro figli è il minimo, si fa Principio e Regola a sè stesso, appetendo una falsa primazia. E io pensai al lago del centro terrestre, al lago che aggela per il ventilare delle sei ali del primo superbo. Facilmente s'intende come notassi subito che era diviso in quattro circuizioni, e come ricordassi i quattro precetti di Religione e di Pietà, cui violare credevo essere superbia. Di vero la più leggiera delle quattro gradazioni di colpa, quella che è punita in Caina, assomigliava assai alla violazione del quarto precetto, che, comandando d'onorare i genitori, implica in essi anche i consanguinei (2ª 2ae CXXII 5). Ma poi che i Dottori aggiungono anche la patria, e della patria è punito il violatore nella seconda circuizione, che è Antenora, imaginai che o non vi fosse tra le quattro fascie e la violazione dei quattro precetti la relazione che intravedevo, o che Dante nella santificazione del Sabato, che è il terzo precetto, avesse veduto un senso più profondo di quello che noi vediamo. In verità dice Tomaso (2ª 2ae CXXII 4): 'Nel terzo precetto del Decalogo si comanda l'esterior culto di Dio sotto il segno del comune benefizio, che a tutti pertiene, cioè a rappresentare l'opera della creazione del mondo, da cui si dice che Dio riposò nel settimo giorno'. E aggiunge che raffigura, in senso anagogico, la quiete del fruir di Dio, che sarà in patria. E alla obiezione, che, come del sabato, si doveva far menzione anche degli altri dì sacri e sacri luoghi e vasi e simili, risponde: 'observatio sabbati est signum generalis beneficii, scilicet productionis universae creaturae'. Festeggiare dunque il giorno del Riposo di Dio, è quanto riconoscere che Dio fece 'caelum et terram', la qual Terra è la patria nostra presente, e il Cielo la patria futura. E mi pareva non impossibile che, nel pensiero simboleggiante del Poeta, il peccato di Bocca, per esempio, fosse espresso con queste parole: Violò il Sabato di Dio. Come quello di Alberigo poteva esprimersi con queste altre: Assunse il nome di Dio in vano; poichè col secondo precetto si proibisce lo spergiuro che pertiene a irreligiosità (2ª 2ae CXXII 3), e spergiura in massimo grado chi viola la santità della mensa, secondo anche l'antico: 'Violasti il giuramento grande, il sale e la mensa'. Ma non era necessità seguitare per questa via, poichè a me pareva che Dante potesse avere in mente una più semplice distinzione, suggeritagli da uno scrittore che certo in questo luogo aveva presente, da Cicerone (De off. III 10) che di Romolo uccisor del fratello aveva detto: 'Omisit hic et pietatem et humanitatem'. E io pensava che, a ogni modo, più semplicemente si poteva affermare che superbia fosse violare la Pietà quale è in Cicerone, e altro peccato fosse violare la Umanità sola. Ma qui d'un tratto mi arrestai, dicendo: che cerco io questi particolari, quando è forse errato il punto principale? In vero superbia io dico la colpa che si punisce nella Ghiaccia; il ragionamento mi pare dirittamente condurre a questo. E c'è altro: ognuno di quei peccatori in giù tiene volta la faccia, in giù volta è altra gente e altra tutta riversata, esposta all'ingiuria dei piedi trascorrenti, e altre ombre ancora tutte sono coperte sotto il gelo, e Giuda ha il capo dentro una bocca di Lucifero e Bruto e Cassio il capo di sotto; atteggiamenti tutti ben convenienti a superbi puniti. C'è questo e altro ancora; ma tutto si può spiegare altrimenti che come sentivo di dovere spiegare io. Perchè io pensavo alla Superbia, ma Dante aveva detto che colà giù era qualunque trade, e in quel lago si puniva la frode in colui che si fida.

Bene: ma io avevo concluso che la superbia viola precetti di Giustizia e appunto quelli compresi nella prima Tavola, più il quarto comandamento. Mi conveniva adunque esaminare diligentemente che cosa era Giustizia: Essa così è definita: 'perpetua et constans voluntas ius suum unicuique tribuendi (2ª 2ae LVIII 1)'; ed è sempre 'ad alterum (ib. 2)'; e atto di essa 'è reddere unicuique quod suum est (ib. 1)'. Ora se della Giustizia è fine dare a ognuno il 'ius' suo, dell'Ingiustizia sarà fine altrui 'inferre iniuriam'. E Virgilio dice (Inf. XI 22): d'ogni malizia.... Ingiuria è il fine. Onde si può vedere che malizia è in Dante sì quella che in Aristotele (Eth. VII 1) è detta 'kakía', sì quella che in Cicerone (De off. I 7, 23) è chiamata 'iniustitia'. Cicerone poi, cui Dante in quel canto aveva in pensiero più che altro autore, quasi, come latino, avesse a essere conosciuto più che ogni altro da Virgilio, dice (ib. 13, 41): 'Cum... duobus modis, id est aut vi aut fraude, fiat iniuria'.... E Dante: 'ed ogni fin cotale O con forza o con frode altrui contrista'. Vediamo anche in Cicerone (ib. 7, 23): 'Fundamentum... est iustitiae fides': la quale mancando, è chiaro che vi sarà ingiustizia o malizia, come dice Dante; ma specialmente, nel pensiero di Dante, quella che ha per fine l'ingiuria con frode, ossia il male fatto con inganno. E l'ingiuria con frode è di due specie e costituisce, fatta, due peccati di maggiore e minore gravità, secondo che l'uomo l'usa in 'colui che 'n lui fida Ed in quei che fidanza non imborsa', ossia in quello che non è tenuto a fidarsi. L'inganno verso chi non ha ragione di fidarsi, infrange, secondo Dante, 'Pur lo vinco d'amor che fa natura'; quello verso chi si fida, fa obliare sì l'amor naturale, sì 'quel ch'è poi aggiunto Di che la fede spezial si cria'. Il che torna a dire che i fraudolenti sono rei contro la Giustizia comunemente detta, mentre da chi trade è offesa la Religione e la Pietà; poi che 'tra le parti di Giustizia (che sono la Religione e la Pietà) e la Giustizia comunemente detta è questo divario, che per esse parti si rende il debito ad alcune determinate persone, alle quali l'uomo per qualche speciale ragione è obbligato, e, per la Giustizia comunemente detta, uno rende il debito comunemente a tutti (2ª 2ae CXXII 6)'. Donde consegue che in Dante il tradere non prende sua qualità dall'inganno con cui si accompagna l'ingiuria, ma dalla persona, contro cui l'ingiuria è commessa, persona contro la quale ogni ingiuria è inganno, perchè ella si fida. Tanto dunque è dire che uno trade, e dire che usa frode in colui che in lui fida per qualche speciale benefizio fattogli, onde si crea un motivo speciale di fiducia, e dire che offende i precetti di Religione e di Pietà che comandano l'amore verso Dio e i Parenti; e dire, con Cicerone, omisit pietatem, e dire che è reo di superbia. E così mi pareva considerando i peccatori del nono cerchio e i loro peccati, poi che di quelli che sono nelle tre bocche di Lucifero, Giuda aveva tradito direttamente Cristo, e Bruto e Cassio la Monarchia, che dipende direttamente da Dio (Mon. III 15): avevano tradito, non tanto, come dissi, per il mezzo fraudolento posto in opera dall'uno e dagli altri, quanto per la persona, perchè Dio era il loro benefattore, o immediatamente, come Cristo, o mediatamente, come Cesare; e perciò Dio e Cesare avevano particolar motivo di fidarsi di loro, sì che Cristo esclamava: "Con un bacio!,,, e Cesare: "Anche tu, figlio?,,. Gli altri peccatori della

Giudecca e della Tolomea avevano pur tradito Dio, nelle persone che per il benefizio più avevano di Dio e in quelle che per Dio erano state accolte alla mensa ospitale, e gli uni e gli altri avevano per ciò fede intera nel beneficato e nell'ospite. E anche quelli dell'Antenora avevano offeso direttamente Dio, il che, più che per altro, intendevo per la differenza tra Bocca, traditor di parte guelfa o della patria, e Camicion de' Pazzi, uccisore d'un suo congiunto. Poi che questi non rifugge di dire il suo nome, perchè non crede il suo peccato gravissimo tra tutti, anzi aspetta un altro suo congiunto, che per la colpa di aver tradito la patria, faccia parer meno grave la sua d'aver tradito un parente. In fatti, essendo la superbia appetito di perversa eccellenza, tale appetito non si può mostrare che da chi vuol essere superiore al Sommo, cioè a Dio. Ora questo appetito si punisce in Inferno anche col desiderio del contrario, come chiaramente a Dante, che aveva domandato se volesse fama, risponde Bocca: 'del contrario ho io brama', e come chiaramente dimostrano gli altri peccatori della Ghiaccia. E io pensavo che ciò che dice Virgilio ad Anteo: 'Questi può dar di quel che qui si brama', ciò è della fama, non è detto perchè Virgilio avesse in pensiero gli altri peccatori dell'Inferno, bramosi di essere ricordati ancora nel dolce mondo; ma perchè egli sapeva di essere nel cerchio di quelli che avevano desiderato la celsitudine 'cui si deve onore e reverenza' (1ª 2ae LXXXIV 2), in quel grado supremo, simboleggiato nelle parole dell'Angelo "Simile sarò all'Altissimo,,, e nelle parole del Serpente "Sarete come Iddii,,. E il Poeta aveva adoperata, a questo luogo, la sua circoscrizione, perchè il lettore poi comprendesse che l'amor della fama nella vita terrena si volgeva nell'Inferno in altrettanto orrore di essa. Notevole mi appariva, che come, dei peccatori, Camicion de' Pazzi non mostrava tale ribrezzo di nomarsi quale gli altri delle circuizioni più interne; così, de' Giganti, rispondeva pronto, allo scongiuro per la fama, Anteo. Poi che Anteo non aveva menate le braccia direttamente contro gli Dei, e perciò era disciolto; e così Camicione non si era direttamente sopraposto a Dio; ma l'uno era stato superbo in quanto aveva combattuto con Ercole semidio, sebbene non fosse stato all'alta guerra; e l'altro era stato reo contro i congiunti, di quella reità che è compresa sotto l'offesa al Principio particolare del nostro essere, non veramente al Principio universale.

Così mi confermavo nel mio pensiero, e altre e molte considerazioni facevo, nè trascuravo di spiegarmi come e perchè il conte Ugolino si nomasse desiosamente, sebbene fosse nell'Antenora; ma io cercavo una prova manifesta, che permettesse alla mia mente di non dubitar più, sì che potessi procedere avanti: e la trovai. Sì: nella Ghiaccia era veramente punita la superbia, la quale si nascondeva sotto il nome di tradimento o di frode in chi si fida. Era superbia quella e quello, e non altro che superbia, e Dante lo aveva detto in modo così chiaro che più chiaro non si poteva desiderare. Io lessi, come ebbro, in S. Agostino (Civ. D. XIV 13): 'È bene avere in alto il cuore; non tuttavia verso di sè, che è della superbia; ma verso il Signore, che è dell'obbedienza, che non può essere se non degli umili. Vi è adunque mirabilmente nell'umiltà qualche cosa che solleva in alto il cuore, e qualche cosa nell'elevazione, che porta il cuore a basso. Or pare un assurdo, che l'elevazione sia per in giù e l'umiltà in su'. Ecco perchè, dissi io, i peccatori della Ghiaccia tengono il viso basso, oltre che sono nell'imo. Ma non era per me una novità, nè per altri, questa. S. Agostino continuava a spiegare come gli umili si esaltavano e si abbassavano i superbi, e diceva: 'Avviene ciò che fu scritto: "Li hai abbattuti, mentre si elevavano,,. Che non dice: "Poi che si erano esaltati,, quasi che prima si elevassero e poi fossero abbattuti; ma "Mentre si elevavano,, allora furono abbattuti'. E concludeva: 'Ipsum... extolli iam deiici est'. E tu, Dante, dei traditori avevi detto, anzi mostrato il medesimo, facendoli, così, simili al primo superbo e ai primi parenti, che furono superbi. O come non credere che superbi fossero i traditori, se ciò che nei primi avviene, avviene anche nei secondi? E avviene: tu l'avevi fatto dire a frate Alberigo:

Sappi che tosto che l'anima trade,

Come fec'io, il corpo suo l'è tolto

Da un demonio...

Ella ruina in sì fatta cisterna.

Proprio come di Lucifero dice Isaia: "ad infernum detraheris in profundum laci,,. E perchè Dante, contro ogni verisimiglianza teologica, pone questo cader dell'anima in inferno, tosto che trade, se non per significare che il suo tradere è un superbire, e che 'ipsum extolli iam deiici est'? Come Lucifero nel primo istante di sua creazione fu buono, nel secondo fu malo (1ª LXIII 6), e appena peccò, fu travolto; come Adamo ed Eva, appena mangiarono il pomo, conobbero la loro nudità, e furono puniti; così il superbo, appena ha commesso quel proprio peccato di superbia, equivalente a quello del primo Angelo e del primo Uomo, ha la sua pena eterna. Perchè il traditore da Dante si stima 'aderire immobilmente al male che appetì', come Tomaso (1ª LXIV 2) dice dell'Angelo peccatore. Così io riposai nel pensiero che nel nono cerchio era la superbia. Molte cose in essa mi erano ignote e molte ragioni nascoste; ma nella Ghiaccia e non altrove, sotto i Giganti, nel profondo del lago, nelle tre bocche e presso e intorno al primo superbo, sapevo già che non altri erano se non superbi.

Io sapeva, dunque, come e dove era punita la superbia nell'Inferno di Dante. Dove, ora chiedevo, e come, l'invidia? chè subito il pensiero da quella scendeva a questa; nè solo perchè nell'ordine de' peccati capitali quella è prima e questa è seconda, ma perchè l'una trovavo che era considerata madre dell'altra. Diceva infatti S. Agostino (De Virg. XXXI) che superbia partorisce invidia nè mai è senza tale compagna, e che (Civ. D. XIV 11) l'Angelo malo fu superbo e perciò invido. Il che da Agostino aveva appreso come Tomaso così Dante, il quale affermava (Inf. I 111 e Par. IX 129) che l'invidia del primo superbo era stata la cagione di tutti i mali al genere umano. Donde inferivo che la superbia era contro Dio, la invidia era contro gli uomini. Tanto più che Dante stesso dichiarava nel Convito (I 4) che la paritade de' viziosi è cagione d'invidia; onde l'invidia, secondo lui, non avrebbe potuto ingenerarsi nell'Uomo contro Dio, sì solo in uomini contro uomini. Nè a ciò contradice il fatto che l'Angelo fu mosso da invidia verso l'Uomo: perchè quello, in parte simile in parte dissimile da questo, invidiò per la parte che in esso gli era simile prima: nella felicità; e volle che l'altro non gli fosse dissimile dopo: nella sventura. Adunque Lucifero ebbe invidia di Adamo e lo indusse al peccato di superbia: il primo superbo tra gli Angeli fece il primo superbo tra gli uomini. E come l'Angelo fu superbo e perciò invido, così anche l'Uomo dalla superbia passò all'invidia, e il peccato di Caino seguì quello di Adamo. Invero invido fu Caino, e che Dante così credesse come tutti, attesta la voce (Purg. XIV 133) 'Anciderammi qualunque m'apprende', che suona nel balzo secondo del Purgatorio. E così mi confermava nel pensiero che l'invidia differisce dalla superbia in questo, che l'una è contro gli uomini o, a dir meglio, contro il Prossimo, l'altra contro Dio; perchè mi pareva chiaro che finchè non erano che l'Angelo e Dio, non potè essere che il peccato di superbia, e quando l'Angelo ebbe un Prossimo che fu Adamo, allora sorse il peccato d'invidia; e similmente quando l'Uomo, o la coppia umana, era solo in faccia a Dio, non potè essere che superbo, e quando ebbe un Prossimo, cioè un fratello, allora fu anche invido. Ora un fatto pareva annullare il mio ragionamento, che invece lo afforzava e rendeva certo: il fatto che da Caino prende il nome la estrema circuizione della Ghiaccia, nella quale Ghiaccia io avevo veduto la punizione della superbia. Chè Dante, il quale stima diretta contro Dio l'ingiuria fatta ai genitori e ai consanguinei, ponendo lo stesso Caino una volta invido, una volta superbo, fa intendere come l'invidia quale si estrinseca nella latitudine del consorzio umano, sia contro il Prossimo, poi che quella che si estrinsecò nell'ambito breve della prima famiglia fu sì contro Dio, ma soltanto perchè tutto il Prossimo per il primo invido si riduceva al fratello. E ne consegue che il modo meno grave di superbia è una specie più grave d'invidia, e che l'una è finitima all'altra. Onde io cominciai a sospettare che in Malebolge, nel cui mezzo vaneggia il pozzo della superbia, fosse punita l'invidia, la quale Dante facesse a Virgilio chiamare frode in quei che fidanza non imborsa, la qual frode è modo che uccide soltanto lo vinco d'amor che fa natura, ossia quello che lega l'uomo all'uomo. E subito, a confermarmi, soccorse il luogo del Purgatorio in cui (XIII 37 e segg.) l'amore o carità è considerata virtù contraria all'invidia, come è manifesto a tutti. Uccidere il vincolo d'amore o fare contro la carità è dunque sì della frode in chi non si fida, e sì della invidia. Onde si faceva più probabile per me che fossero, la detta frode e l'invidia, una medesima colpa. Invero anche sì fatta Frode è solo rispetto a uomini, come l'invidia, perchè solo Dio e chi da Dio più tiene è obbietto dell'amore aggiunto, cui non oblia il fraudolento semplice. Il quale fraudolento, a modo nostro di vedere, sarebbe il solo vero ingannatore, poi che ha bisogno di raggiri, di insidie, di vie coperte per sopraffare chi, perchè non si fida, si guarda. Ora è chiaro quanto queste operazioni del fraudolento siano anche dello invido; tanto che la Bestia malvagia che è a guardia dell'ottavo cerchio sembra non più sozza imagine di froda che d'invidia. Anzi se invidia si sostituisce a froda, tutto parrà più chiaro in quel simbolo, e meglio si intenderà la voce del duca:

Ecco la fiera con la coda aguzza

Che passa i monti e rompe mura ed armi,

Ecco colei che tutto il mondo appuzza.

Parole che suonano del loro proprio suono solo a chi intende che questo serpente... con la faccia d'uom giusto è l'invidia stessa infernale che dice Agostino; è la figura... la quale, come dice un antico, si partì dal fondo dell'Inferno da Lucifero, la quale prima usò ad ingannare i nostri primi parenti.

Sì: Gerione è l'invidia infernale, che fu cagione di tutti i mali al genere umano: più cercavo ne le valli di Malebolge e più me ne convincevo. Già la prima di esse cerchiava quelli che con segni e con parole ornate rinnovarono con Eva l'inganno del serpente biblico; e la seconda quelli che, come esso serpente, ebbero la lingua pronta sempre alle lusinghe: quelli insomma, l'una e l'altra, che nel far male al loro Prossimo usarono le stesse arti del primo Tentatore. Nella terza bolgia vedevo i simoniaci; e non è a dire come sul principio io divenissi perplesso a credere invidiosi quelli che adulterano per oro e per argento le cose di Dio. In ciò è, dicevo, avarizia, empietà o che so io, non invidia. Ma Dante stesso mi rassicurava sulla vera natura del peccato di simonia:

... la vostra avarizia il mondo attrista

Calcando i buoni e sollevando i pravi.

Il mondo attrista; cioè danneggia il genere umano, a cui volete male, a cui invidiate il bene, come già Satana; calcando i buoni, cioè facendo quello che l'invido fa, il quale, come spesso noi vediamo, nessun male crede poter fare più grande al buono e al valente, che esaltare sopra lui il malvagio e l'inetto. Si tratta, io soggiungeva leggendo in Agostino (Civ. Dei XV, 5), di quella invidentia diabolica, per la quale i pravi invidiano i buoni, per nessun'altra ragione se non che quelli sono buoni ed essi pravi. Anche il peccato di simonia io concludeva dunque essere invidia, e l'avarizia dei venditori delle cose divine intendeva essere altro che il mal dare e mal tener della quarta lacca. Nè gli altri peccatori di Malebolge mi parevano contrastare al concetto generale dell'invidia, che è mal vedere il bene del Prossimo, o al significato del primo peccato di invidia, commesso da Lucifero a sventura del genere umano: nè gl'indovini, che non vedono dinanzi più che Satana quando diceva. Sarete come Iddii; nè quelli che falsificarono sè in altrui forma, come Satana che si mutò in serpente; nè i falsi che hanno il principal vizio del diavolo che è bugiardo e padre di menzogna; nè i seminator di scandalo e di scisma che imitarono il Nemico che fu autore della separazione degli uomini da Dio; nè gli ipocriti tristi (aggiunto, questo, proprio degl'invidi) che, sotto color di bene, gente dipinta, come la figura che benigna avea di fuor la pelle, fecero il male; gli ipocriti che, come dice S. Gregorio (Mor. VIII 34) 'laudari de inchoata iustitia appetunt, praeesse ceteris etiam melioribus concupiscunt'; nè i ladri che si trasformano in serpenti, nè i barattieri, nè i pravi consiglieri. E non mancavano altri indizi, messi qua e là ad ammonire il lettore che Malebolge è il regno dell'invidia. Papa Niccolò storce i piedi, quando apprende che non è Bonifazio quello che con tanta sua gioia credeva venuto anzi tempo in inferno: 'Sei tu già costì ritto, Sei tu già costì ritto?' E così tutti questi dannati sono ossessi dall'invidia: i due frati godenti,

Quando fur giunti, assai con l'occhio bieco

Mi rimiraron senza far parola:

Poi si volsero in sè e dicean seco:

"Costui par vivo all'atto della gola;

E s'ei son morti, per qual privilegio

Vanno scoperti della grave stola?,,;

e Maestro Adamo:

O voi, che senza alcuna pena siete,

E non so io perchè...

I dannati par che si dolgano che gli altri non soffrano abbastanza, sì che gran parte di lor martoro è data dai compagni di pena, come a Caifas, che deve sentire 'Qualunque passa com'ei pesa pria'. E così i ladri l'uno muta e tramuta l'altro: 'io vo' che Buoso corra, Com'ho fatt'io, carpon per questo calle'; e così le due ombre smorte e nude corrono mordendo, come porci; e così rissano Mastro Adamo e Sinone, compiacendosi l'uno della maggior pena e maggior peccato dell'altro. Rissano persino due diavoli, Alichino e Calcabrina, dei quali questo era invaghito 'Che quei campasse (ossia che succedesse un male, un disordine) per aver la zuffa': il qual desiderio è come nota precipua dell'invidia. E quasi a suggellare il tutto, a Dante che piange in vedere il pianto degl'indovini, dice rimbrottando Virgilio:

ancor se' tu degli altri sciocchi?

Qui vive la pietà quando è ben morta.

Le quali parole più che in generale ai dannati dell'Inferno, si riferiscono in particolare a quelli che operarono contro la carità, ossia agli invidi, per i quali non aver carità, è mostrare ossequio alla carità che essi offesero.

Poi considerai la propria ragione del 'Loco in inferno detto Malebolge'; e il suo esser di pietra e di color ferrigno mi ricordò la ripa e la via della seconda cornice del Purgatorio, che si mostravano 'Col livido color della petraia'. Questa simiglianza non era a caso, e a me sovveniva delle chiose dell'antico, già riportato, il quale diceva de' simoniaci: Sono fitti nella pietra livida; cioè nella durezza odiosa che hanno verso il prossimo, che non hanno carità veruna. E in altro luogo: Nel mondo furono duri ed ostinati come il sasso e freddi d'ogni carità. Queste rispondenze per altro fra gli invidi del purgatorio e i frodolenti dell'inferno mi richiamavano a cercare in esso purgatorio conferma per ciò che avevo concluso della superbia e lume per ciò che venivo concludendo della invidia: conferma e lume che dovevano venirmi da quel ragionamento Tomistico del purgatorio, che già aveva stabilito avesse a compiere la spiegazione Aristotelica data nell'inferno. Vidi in fatti che tra la malizia ch'odio in cielo acquista e il mal che s'ama era una relazione evidente; poichè il fatto di malizia che si espia nell'Inferno doveva esser preceduto da quell'amor del male, che si sconta nel Purgatorio. Ma vedevo ancora 'Che il mal che s'ama è del Prossimo', non del suo suggetto, non dell'Esser primo; e ciò poneva gran differenza tra la malizia dell'inferno e il triforme amor del purgatorio, sì che io potevo dubitare che tra la superbia e invidia, quali sono dichiarate in esso purgatorio (XVII 115-120), e il tradimento e la froda dell'inferno vi fosse la uguaglianza che doveva esserci, se era vero ciò che io avevo creduto, che il tradimento fosse superbia e la froda invidia. Ma il dubbio si schiariva subito al considerare che Tomaso (2ª 2ae XXXIV 1) disputa che Dio può sì essere avuto in odio da alcuni, non però per sè, non per certi effetti suoi che in niun modo possono essere contrari alla volontà umana, ma per certi altri effetti che ripugnano a una inordinata volontà, 'sicut inflictio poenae et etiam cohibitio peccatorum per legem divinam, quae repugnant voluntati depravatae per peccatum'. Chiaro m'era dunque, senza necessità di più sottili indagini e di più larghe ricerche, che nel purgatorio dove si ama la pena inflitta da Dio e si loda la sua legge, non può essere peccato in cui abbia parte l'odio di Dio, e che quindi nella definizione che si fa in esso dei peccati capitali si deve attendere una differenza con quella che si fa dei medesimi nell'inferno, poi che in questi è l'odio di Dio, in quelli o non era o fu rimosso. E lo stesso trovavo dell'odio di sè, poi che Tomaso dice (1ª 2ae XXIX 4) che alcuno per accidens può sì odiar sè stesso, 'accadendo che taluni stimano di essere massimamente ciò che sono secondo la natura corporale e sensitiva; onde amano sè secondo ciò che stimano d'essere, ma odiano ciò che veramente sono, mentre vogliono cose contrarie alla ragione'. Anche questo amore di sè che è veramente un odio, io diceva non poter trovarsi nei peccati che si piangono per le sette cornici. Con questo pensiero leggevo la definizione del superbo:

È chi, per esser suo vicin soppresso,

Spera eccellenza; e sol per questo brama

Ch'el sia di sua grandezza in basso messo;

e vedevo che questa in nulla contradiceva al concetto che della superbia si era fatto Dante nell'inferno, come io avevo concluso che si fosse fatto. Di vero nel purgatorio si puniva una speranza e una brama; che se il peccatore avesse voluto tenere ciò che sperava, l'eccellenza, avrebbe veduto il vicin da sopprimere a mano a mano collocato in maggior grandezza fin che non si fosse trovato a fronte di Dio stesso, cui doveva mettere in basso se voleva essere veramente il primo. Ma egli l'abbassamento del vicino bramava soltanto; che se dalla brama fosse passato al fatto avrebbe veduto che, non che il Prossimo, gli conveniva odiare Dio, che proibiva nella sua legge e reprimeva con la sua pena l'adempimento di quella brama. E l'invido in che differiva dal superbo? Io leggeva ancora:

È chi podere, grazia, onore e fama

Teme di perder per ch'altri sormonti,

Onde s'attrista sì che il contrario ama.

Il superbo spera, l'invido teme: l'uno spera ciò che tener non potrebbe se non sopraponendosi a Dio; l'altro teme di perdere ciò che ha o crede di avere: l'uno vorrebbe essere il sommo, l'altro si contenterebbe di restare quello che è; ma l'uno e l'altro, per adempiere la sua speranza o cessare il suo timore, hanno il medesimo desiderio: quello brama e questo ama, che altri discenda. Non differiscono dunque nel desiderio del male e non differirebbero nella materia dell'azione malvagia il superbo e l'invido; sì nel fine ultimo, che è la non concessa eccellenza nell'uno, per il quale terminerebbe con l'opporsi a Dio stesso; e il podere e gli altri umani possedimenti nell'altro, per i quali egli si trova solo con uomini in contrasto. E l'invido teme di perder e s'attrista, e perciò scendendo all'atto sarebbe guardingo e coperto e ricorrerebbe all'inganno e sarebbe fraudolento; mentre il superbo, passando anch'esso al fatto, potrebbe bensì andare per vie coperte al suo fine, ma non sarebbe meno fraudolento anche non andando per esse, perchè il suo fine dovrebbe essere di sopprimere quello che gli è legittimamente superiore per il benefizio che gli fece. Dalle definizioni del purgatorio era dunque confermato ciò che avevo concluso della superbia, e lumeggiato ciò che venivo concludendo della invidia nell'inferno: che la superbia era punita col nome di tradimento o di frode in chi si fida nella Ghiaccia, e la invidia, col nome di frode in quei che fidanza non imborsa, in Malebolge; e che se l'una è contro le due parti di Iustitia dette Religio e Pietas, l'altra è contro la Iustitia communiter dicta. In vero questa è tra uguali, come l'invidia che la offende non può essere che tra pari.

Come l'invidia con la superbia, così i peccatori di Malebolge hanno qualche cosa di comune con quelli della Ghiaccia: la ripugnanza di nomarsi e d'essere conosciuti. Venedico celar si credette bassando il viso; Alessio Interminei sgrida verso Dante; Niccolò papa sospira e parla con voce di pianto; gl'indovini sono tutti accennati da Virgilio; Ciampolo non dice il suo nome, sì quello degli altri rii, frate Gomita e Michel Zanche; Francesco de' Cavalcanti e Puccio Sciancato fuggono chiusi; nè Ulisse ha bisogno di rivelarsi, e Guido di Montefeltro risponde senza tema d'infamia perchè crede che Dante non sia mai per tornare al mondo, e Maometto gli si noma perchè lo crede anima che 'in su lo scoglio muse Forse per indugiar d'ire alla pena'. Vero è che, come dei traditori, così de' fraudolenti alcuni si svelano da sè stessi, ma per qualche sottil ragione speciale dalla quale non è offeso il fatto generale e il suo perchè. Gl'ipocriti frati godenti dicono il loro nome, perchè, pur essendo nell'inferno, sembrano sperare di nascondere la loro reità, come fecero nel mondo; i seminatori di scandalo e di scisma sembra che vincano l'orrore di palesarsi con la speranza di seminare ancora nuovi scismi e scandali, come quelli che rivelano, nello svelarsi, nomi d'altri peccatori; o, più semplicemente, con l'amor del male del prossimo, che vive ancora in essi, come si vede specialmente tra i falsari. A ogni modo io osservava che i più dei frodolenti non bramavano la fama, sì il contrario come Bocca; e questo pensavo che fosse perchè come la superbia è amor della propria eccellenza, così la invidia si esercita 'rispetto a quei beni in cui è vanagloria e in cui gli uomini amano d'essere onorati e aver riputazione' (2^a 2ae XXXVI). Il che Virgilio diceva nel suo definire:

È chi podere, grazia onore e fama

Teme di perder...

E ciò era confermato dall'antico, di cui tre volte ho riportato le parole; il quale a proposito del peccato degli indovini e ammaliatori, tutti accennati da Virgilio e nessuno palesatosi da sè, dice che è contenuto sotto la fraude per tanto che questi sì fatti peccatori intendono a vanaglorie e per farsi onorare e tenere saputi.... Così dunque vedevo l'invidia e la superbia assomigliare anche in questo, nell'amor della fama, che l'una teme di perdere e l'altra desidera in un grado sommo, onde nell'Inferno dantesco erano punite col vano desiderio del contrario. Ma qui mi si presentava, a confondere tutti i miei ragionamenti, un peccatore della settima bolgia il quale, non che celarsi e bassare il viso e fuggirsi chiuso, proclamava: son Vanni Fucci bestia! Ma vidi subito che Vanni Fucci mentiva e si dava per quel che non era, sì che il suo palesarsi bugiardo forniva la riprova alla mia osservazione. Se egli era stato veramente quello che diceva essere stato e quale Dante lo aveva veduto, uomo di sangue e di crucci, non sarebbe stato 'In giù... messo tanto'. Egli che menava vanto di sua vita bestial e di suo essere malo, quando credeva di potere ingannare Virgilio, di trista (l'aggettivo degl'invidi) vergogna si dipinse, quando non potè negare la colpa per la quale era spinto più giù che non sarebbe convenuto per le altre sue colpe. Era dunque in questa colpa una vergogna che non era nelle altre. Ora questa vergogna nasceva certamente per essere egli stato non uomo soltanto di sangue e di crucci, ma ancora ladro, ossia per dirla più in generale, fraudolento. E Dante stesso dice che frode più spiace a Dio: perchè frode è dell'uom proprio male; che è quasi correzione in parte e in parte dichiarazione del detto di Tullio (de off. I 13, 41): 'utrumque homine alienissimum, sed fraus odio digna maiore'. La ragione adunque, come distingue gli uomini dalle bestie, così rende più grave l'ingiuria che si fa con inganno; onde è con più dolore e più vergogna punita. Di che mi spinsi, poi che della frode, ossia dell'invidia e della superbia, sapevo un elemento, la intelligenza, a cercare gli altri, per vedere non forse avessi errato a credere come credevo. Questo indagando, mi avvenni a un punto della Comedia dove è figurato l'Angel d'inferno nell'atto proprio di commettere il male; e lessi

Giunse quel mal voler, che pur mal chiede

Con l'intelletto, e mosse il fummo e il vento

Per la virtù che sua natura diede;

nei quali versi, comunque interpretati, riconoscevo attribuiti all'Angel d'inferno, la volontà, rivolta solo al male, l'intelletto e la virtù che sua natura diede. Questa virtù naturale, che mi era alquanto oscura, mi fu chiarita da un altro luogo del poema, dove si loda la Natura di creare ancora bensì elefanti e balene, ma non più Giganti:

Chè dove l'argomento della mente

S'aggiunge al mal volere ed alla possa,

Nessun riparo vi può far la gente.

Qui è l'intelletto o mente e il mal volere, come nel luogo del Purgatorio; e per la virtù che sua natura diede, è la possa. La quale ne' Giganti è del gran corpo: e, nell'Angel d'inferno, del corpo non può essere, poi che corpo non ha, essendo egli totalmente di intellettuale natura. Ma come agli Angeli così ai Demoni sono attribuite passioni e tendenze che supporrebbero in essi la parte sensitiva dell'anima, la quale in essi, perchè incorporei, non può essere. Nel qual proposito leggevo nella Somma (1ª LIX 4) che Dionisio dice che nei demoni è 'furor irrationabilis et concupiscentia amens', donde si dedurrebbe che in essi è l'irascibile e il concupiscibile, i quali, per essere nella parte sensitiva dell'anima, non si possono trovare nè nei Demoni nè negli Angeli, che questa parte sensitiva non hanno. Ora Tomaso rispondeva: 'quod furor et concupiscentia metaphorice dicuntur esse in daemonibus'; e mi pareva che il Poeta avesse seguito Dionisio nella sua affermazione e Tomaso nella sua spiegazione, e che attribuisse, sia pur metaforicamente, all'Angel d'inferno una virtù naturale per riuscire a fare quello che i Giganti facevano con la possa, l'appetito insomma sensitivo, che si divide in concupiscibile ed irascibile (S. 1ª LIX 4 e altrove) e che è 'proximus motui corporis nostri (ib. XXI)'. Nei demoni adunque Dante poneva, come l'intelletto e la volontà, così anche l'appetito sensitivo. Ora l'obbietto del primo è il vero, della seconda il bene, del terzo il bene sensibile: onde nell'Angel d'inferno, al contrario, dell'intelletto sarà obbietto il falso, della volontà il male, dell'appetito sensitivo il male sensibile. Il che quanto si convenga all'azione del diavolo nel fatto di Buonconte, ognun vede.

Ma questa triplice composizione dell'atto malvagio mi fece pensare all'imperador del doloroso regno, che ha tre facce alla sua testa: quella dinanzi, vermiglia, la destra, fra bianca e gialla, la sinistra, nera. E vidi subito che la faccia vermiglia era la volontà di cui obbietto è il male, la nera l'intelletto che ha per obbietto il falso, quella tra bianca e gialla il metaforico appetito sensitivo che ha per obbietto il male sensibile e che si divide in irascibile e concupiscibile, come può essere indicato dai due colori di essa faccia; e che può chiamarsi la possa, quanto a dire la possibilità di fare il male, che l'intelletto suggerisce e la volontà comanda. Ora poi che in 'benigna volontade... si liqua (Par. XV 1) Sempre l'amor che drittamente spira, Come cupidità fa nell'iniqua', sì che io vedevo al mal volere corrispondere l'amor perverso o l'amor del male o cupidità, mi pareva chiaro come le tre facce di Lucifero simboleggiassero la Trinità del male, essendo la faccia vermiglia o l'iniqua volontà in cui si liqua l'amore che non spira drittamente, opposta al primo amore, e la bianca e gialla che significa la possa diabolica, essendo contraria alla divina potestate, come la nera, che esprime l'argomento della mente, quale è nei demoni, alla somma sapienza. Di che io avevo una conferma nella collocazione stessa delle tre teste, poi che dubitando da principio che bene fosse in mezzo posta la faccia contraria all'amore, cioè allo Spirito Santo, che procede dal Padre e dal Figlio, e perciò ultimo credevo dovesse essere messo, come è scritto ultimo nella porta dell'inferno; lessi in Tomaso (1ª XXXVII 1) che lo Spirito Santo secundum originem, è la terza persona, ma, prout est amor, è il medio nesso dei due, Padre e Figlio. Sì che Dante nella Porta Inferni aveva annoverate le tre persone secundum originem, e nelle tre facce di Lucifero le aveva disposte secondo l'abitudine d'amore del Padre al Figlio. Era dunque Lucifero l'Anti-Dio uno e trino, e nel tempo stesso era il tricipite peccato, costante di mal volere, d'intelletto e di possa; era la superbia origine d'ogni peccato ed era la superbia peccato speciale. E le sei grandi ali, che uscivano due sotto ciascuna faccia, mi pareva dovessero essere gli altri sei peccati, ma come fossero disposti a due a due non sapevo; e dei tre venti sospettavo bensì che cosa fossero, ma non osavo affermare. Vedevo bensì non solo perchè Giuda fosse nella bocca del mal volere o dell'odio e Bruto, il filosofo, fosse in quella dell'intelletto, ma anche perchè Cassio fosse in quella della possa e dell'appetito sensitivo e perchè fosse accennato come sì membruto, una specie di Gigante. Ma a me premeva procedere ed esaminare il tricorpore Gerione, che io credevo simbolo dell'invidia come il tricipite Lucifero era simbolo della superbia, peccato in generale e in ispecie. Gerione in fatti mi si mostrava misto di tre nature, avendo la faccia d'Uomo, il fusto di Serpente e due branche pilose infin l'ascelle. Ora, come l'invidia assomiglia alla superbia, così mi attendevo di trovare in tali tre nature l'intelletto, il mal volere, la possa o appetito sensitivo. E poi che Dante diceva la frode essere proprio male dell'uomo, perchè senza intelletto non può darsi, nella faccia d'uom giusto con la quale soltanto poteva compiersi detta frode, non solo perchè di giusto, ma perchè d'uomo, vedevo l'intelletto, e nel fusto di serpente quale fu il primo autore d'ogni male, il mal volere; e non restavano che le branche le quali per

essere due mi fecero ricordare la faccia a due colori di Lucifero e l'appetito sensitivo
che si divide in irascibile e concupiscibile. E in che differiva il simbolo dal simbolo? in
quello in cui il peccato dal peccato. Ora la invidia non differendo dalla superbia se non
in questo, che la prima per far l'ingiuria ha bisogno sempre d'ingannare, mentre la
seconda non ne ha bisogno, Gerione ha la faccia d'uom giusto e benigna di fuor la pelle
e il fusto di serpente e il dosso e il petto e le coste dipinte di nodi e di rotelle; ed essendo
poi la superbia, per la persona che offende, la trasgressione suprema e totale della legge,
Lucifero ha la cresta, come a dire la corona, da imperadore che egli è.

E tornavo a Vanni Fucci, che più d'ogni altro peccatore di Malebolge fa pensare all'invidia con quel sinistro vaticinio, che fa solo perchè Dante doler sen debbia. Nel fatto, anche dopo che Dante se ne sarà doluto, che ne viene al ladro di quel dolore? Così l'invidia si strugge sempre in un lavorìo vano; chè l'abbassamento altrui non limiterà mai il suo timore di perdere quello che ha, di podere, di grazia, d'onore, di fama. Ma Vanni Fucci si vergogna d'esser colto nella miseria, dove Dante lo vede, egli che si professa con orgoglio bestia e d'aver amato vita bestiale e non umana. E nè anche Dante avrebbe pensato di vederlo in giù messo tanto, perchè il peccato, che Vanni sconta, falsamente già fu apposto altrui ed esso Dante vide lui uomo di sangue e di crucci, ciò è, come spiega l'antico, uomo di brighe e d'omicidi. Or dove Dante si sarebbe aspettato di vedere questo peccatore? dove appunto il peccatore vorrebbe dare a credere di meritare d'essere messo: dove si espia la 'morte per forza e le ferute dogliose che nel prossimo si danno,' nel 'La riviera del sangue, in la qual bolle Qual che per violenza in altrui noccia'. Il che non solo Dante ha accennato chiaramente dicendo d'averlo veduto uomo di sangue e di crucci, ma egli stesso ha più chiaramente espresso professando: Vita bestial mi piacque e non umana. Di fatti tra la malizia con forza e quella con frode, quella è meno punita perchè non dell'uom proprio male, come la frode, essendo comune con le bestie. Onde il ladro che dalle parole e dal tono di esse parrebbe tutt'altro che ipocrita e sembra più tosto voler accrescere che diminuire la sua colpa, in verità si trova che con quelle parole stesse attenua la sua malizia, come quello che afferma di non aver posto in essa la intelligenza: il che non era. Tuttavia quando ancor dopo scoperto per quello che è, grida: 'Togli, Dio, chè a te le squadro', si comprende bene che il ladro vuol continuare il suo gioco di passare per quello che non è, mostrando di meritare pena diversa da quella che ha avuta dalla Giustizia di Dio, ma non si comprende bene se egli ora pretenda di meritare più grave o più leggera la pena e di essere meglio violento o superbo, violento come Capaneo o superbo come Lucifero; sì che Dante stesso, che con la distinzione Aristotelica delle disposizioni mostra di non ritrovar più la divisione cristiana, soggiunge:

Per tutti i cerchi dell'inferno oscuri

Non vidi spirto in Dio tanto superbo,

Non quel che cadde a Tebe giù da' muri.

E in verità Vanni Fucci è acerbo, come Capaneo non è maturato dalla pioggia di fuoco. Ma Capaneo giace dispettoso e torto, e il ladro fugge senza parlare più verbo, quando è rilegato dalle serpi, simboli di frode. Ora nè Capaneo è reo veramente di quella superbia che Virgilio suppone in lui dicendo, 'in ciò che non s'ammorza La tua superbia se' tu più punito', nè Vanni Fucci è quello spirto in Dio tanto superbo che pare a Dante; perchè la superbia è con intelletto e Capaneo è violento e nella violenza intelletto non ha luogo, e Vanni Fucci alla sua volta non riesce con la sua bestemmia che a farsi simigliante a Capaneo e a confermarsi bestia, ciò è tale da commettere un peccato bestiale e non umano. Ora quale è questo peccato?

Così cercavo; e confesso che con meraviglia vedevo qui che non tutti gl'interpreti del Poema Sacro trovavano l'Aristotelica disposizione detta matta bestialitate tutt'una con la malizia con forza o violenza. Nulla in verità era più chiaro. Vanni Fucci, conosciuto come violento, come uomo di sangue e di crucci, che come tale si sarebbe creduto di trovare nel giron primo del primo cerchio dentro dai sassi dell'alta ripa, professa bensì d'essere bestia e d'avere condotta vita bestiale e non umana, ma deve confessare di necessità, perchè il luogo e il modo della pena non concordano con ciò che professa, d'avere anche commesso un dell'uom proprio male e di stare per questo di sutto: oh! come non comprendere subito che la violenza è senza intelletto, ciò è bestiale e che matta bestialitate e violenza sono una cosa? E sì che sopra veniva subito un centauro pien di rabbia a confermare e ribadire la cosa. Caco in vero, semi-homo e semifer come lo chiama Virgilio, non è come gli altri centauri nel giron primo del primo cerchietto, sebbene vi avesse luogo non solo come simbolo ma come reo, poi che 'sotto il sasso di monte Aventino Di sangue fece spesse volte laco'; ma egli fu anche frodolento, ciò è, per quanto bestiale, come quello che era mezzo uomo e mezzo bestia, commise un fatto di quella frode che è dell'uom proprio male. Onde al centauro, oltre le bisce che ha sul dosso,

Sopra le spalle, dietro dalla coppa,

Con l'ale aperte gli giacea un draco;

E quello affoca qualunque s'intoppa.

Ma qui mi soffermavo prima dubitando e poi mutando a mano a mano il dubbio in ammirazione profonda e lunga. Perchè questo draco che affoca qualunque s'intoppa? io domandai. E cambiai subito la domanda. Perchè i centauri simboli di violenza? Non soltanto perchè tutti solean nel mondo andar a caccia, non soltanto perchè Nesso fe' di sè la vendetta egli stesso, non soltanto perchè Folo fu sì pien d'ira, ma anche e più perchè i Centauri sono mezzo uomini e mezzo bestie o bestiali, o a dirittura fiere. Così l'infamia di Creti che sembra simbolo più generale ancora dei centauri, è detta bestia e paragonata a un toro e chiamata ira bestiale. Ma un altro simbolo era in questo primo cerchietto: le brutte Arpie. Ora Minotauro, Centauri, Arpie hanno una cosa in comune tra loro e differente dai simboli Gerione e Lucifero del secondo e terzo cerchietto. Quale? le duo nature, mentre Gerione ne ha tre, e tre faccie ha Lucifero. Ma se le tre faccie di Lucifero e le tre nature di Gerione raffiguravano il mal volere, l'intelletto e la possa, necessari elementi o capi del peccato di superbia e d'invidia; le duo nature dei simboli del peccato punito nel primo cerchietto, peccato in cui non ha luogo l'intelletto, perchè la forza non è, come la frode, dell'uom proprio male, raffiguravano certamente la possa, che io chiamai appetito sensitivo e il mal volere. E che le duo nature del Minotauro, dei Centauri, delle Arpie raffigurassero gli elementi subbiettivi del peccato, era chiarito dal fatto che il centauro Caco, essendo posto in altro cerchietto, per il furar frodolente che fece, ossia per aver aggiunto alla sua Malizia bestiale o violenta un terzo elemento, l'intelletto, assumeva un terzo corpo o una terza natura che dir si voglia: 'il draco Sopra le spalle, dietro dalla coppa, Con l'ale aperte'. La quale a me pareva convenevolissima aggiunta, pensando alle serpi della bolgia e più alla sozza imagine di froda che aveva il fusto di serpente. Bene: ma qui ripensavo che nel tricorpore Gerione la natura serpentina io avevo concluso significasse il mal volere, mentre mi pareva che l'intelletto fosse rappresentato dalla faccia d'uom giusto; e qui in vece, in Caco, dovevo ammettere che dal draco fosse significato, non il mal volere, ma l'intelletto. Ma Dante creando il simbolo della violenza, peccato bestiale, ne significava, di necessità, la bestiale natura con escludere dal simbolo l'elemento che avrebbe rappresentato l'intelletto; tuttavia, avendo il peccato, per quanto bestiale, de' due elementi che rimanevano, uno umano e non ferìno, perchè la volontà non è dei bruti ma solo degli uomini, il simbolo era semiumano e semiferino. La parte dunque che ne' centauri, nelle Arpie, e nel Minotauro, avrebbe potuto rappresentare la ragione, era già stata dal simboleggiatore usata per la volontà; sì che quando egli volle poi dare la mente ad un Centauro, fu costretto a prendere, per simboleggiarla, il Serpente che altrove aveva simboleggiato il mal volere. Eppure, mirabile accortezza!, egli seppe riparare il difetto come meglio non avrebbe potuto, ponendo in Caco il serpente in modo che sormontasse la testa e fosse in certa guisa la testa medesima del Centauro, mentre il serpente in Gerione era il fusto e la coda. E ciò confermava facendo che tale nuova testa del Centauro, la quale affoca qualunque s'intoppa, somigliasse negli effetti appunto alla coda di Gerione, la quale passa i monti e rompe mura ed armi. Così dunque era tricorpore anche Caco: mentre bicorpori erano i suoi fratelli e il Minotauro e le Arpie, perchè di due elementi soli è commisto il peccato, di cui sono simboli e guardie e punitori. E di questo mi soccorreva una riprova tale, da sommergere in me ogni dubbio. Io leggevo che il peccato più grave di violenza era, oltre spregiar natura e sua bontà,

far forza nella deitade

Col cor negando e bestemmiando quella;

onde nell'infimo girone, oltre Sodoma e Caorsa, è posto chi spregiando Dio, col cor favella. Io non sapeva se altri avesse intese queste parole di negare Dio e favellare spregiando Dio col core: sapevo che non potevano intendersi che in un modo: soltanto col cuore, ossia col ΘΥΜΟΣ, con l'irascibile, con la parte sensitiva dell'anima, senza concorso d'intelletto. Nel fatto Capaneo stolidamente minaccia Dio di non allegra vendetta, anche se lo saetti di tutta sua forza; ed è nell'inferno precipitatovi appunto dalla saetta di Dio! Onde le parole di Virgilio. E che l'intelletto mancasse nel primo girone, Dante lo aveva detto esplicitamente, cieca chiamando la cupidigia e folle l'ira che si puniva nel fiume di sangue. Non restava dunque che sapere del secondo, poi che senza concorso d'intelletto avevano peccato quelli del primo, come gli omicide, e quelli del terzo, come Capaneo. Ma quelli che privano sè del mondo, o biscazzano e fondono la loro facoltà e piangono dove devono essere giocondi, sono così manifestamente pazzi nel loro operare, che non occorreva che Dante lo dicesse altrimenti che raccontando che cosa avevano operato. Ora quale era questo peccato o disposizione cattiva, chiamata malizia che persegue il suo fine solo con la forza, senza concorso d'intelletto, chiamata ancora matta bestialitade? Io rileggevo: l'infamia di Creti...

Quando vide noi, sè stesso morse,

Sì come quei, cui l'ira dentro fiacca;

poi è in furia, poi è detta ira bestiale; ira folle è chiamata quella che immolla nel fiume di sangue; un de' centauri, sebben da lungi, minaccia di tirar subito l'arco, e Chiron prende subito uno strale, appena veduti Dante e Virgilio; Pier della Vigna dichiara d'essere stato mosso da disdegnoso gusto e feroce chiama l'anima che si disvelle dal corpo da sè stessa; di rabbia è ancora compreso Capaneo, che giace dispettoso e i cui dispetti 'Sono al suo petto assai debiti fregi'. E poi i peccatori che parlano, parlano sdegnosamente, sì che d'ira pare fosse il loro abito da vivi se da morti lo conservano: sdegnosamente parla non solo Pier della Vigna della meretrice delle corti, ma colui che fe' giubbetto a sè delle sue case, e ser Brunetto ricordando la città del Batista e il suo ingrato popolo maligno, e Iacopo Rusticucci, domandando se cortesia e valore del tatto se n'è gita fuori della sua città, e lo Scrovegni dicendo a Dante, Or te ne va, e predicendo sventura al suo vicin Vitaliano. Il loro peccato sarebbe dunque l'ira? Oh! che hanno che vedere Sodoma e Caorsa con l'ira? Nella violenza entra qualche volta bensì l'ira, ma non è l'ira. Così pensavo e m'indugiavo perplesso.

Io doveva a ogni modo comprendere come il Poeta sotto il medesimo concetto di violenza o di malizia con forza raggruppasse oltre omicidi e predoni, oltre suicidi e dissipatori, i bestemmiatori, i sodomiti e gli usurieri. Di questi ultimi specialmente non intendevo il come e il perchè. In ciò era veramente un groppo, che Dante pregava Virgilio di solvergli. Dante non capisce come usura offenda la divina bontà, e Virgilio spiega acconciamente come l'usuriere dispregi la natura (e perciò Dio) in sè stessa e nell'arte. Bene: ma come in tale offesa o in tale dispregio è violenza? è forza? Perchè offese Dio nella sua bontà anche Lucifero, ma non fu violento, sì superbo; e lo offendono tutti i peccatori, i quali sono detti rei di questo o quel peccato, non necessariamente di violenza. Costringere il danaro a fruttar danaro, senza altra propria operazione: questa era la risposta che trovavo ai miei dubbi. Ma mi pareva un parlar per metafora, un arzigogolo ingegnoso quanto si voglia, non degno di Dante. E veramente in sì fatto "costringere,, come non è intelletto? Anzi vi abbonda, e sottile; mentre nella violenza non avrebbe a essere. Bisognava attendere alle parole proprie di Virgilio per giungere al pensiero di Dante. Alla domanda di Dante, in che usura offende la divina bontà, Virgilio, risponde che l'usuriere dispregia la natura e Dio, perchè altra via tiene da quella assegnata da Dio agli uomini. Dalla natura e dall'arte conviene che l'uomo tragga il suo sostentamento e avanzamento. Conviene, perchè Dio così volle, ed è scritto nello Genesi. Così volle nella sua bontà, perchè chi altrimenti fa, offende quella. Ora in che principalmente Dio mostrò all'uomo la sua bontà? nel crearlo simile a sè, non solo intelligente quindi ma operante. Dice lo Genesi dal principio: 'Posuit Deus hominem in Paradiso ut operaretur...' E Tomaso (1ª CII 3) riporta qui il comento di Agostino che dice che quell'operare 'non sarebbe stato faticoso, come dopo il peccato, ma giocondo per lo sperimento della virtù naturale'. Ma poi il lavoro e la fatica, e in particolare l'agricoltura, fu all'uomo imposta da Dio 'in poenam peccati (ib.),' chè Dio era irato, come l'ira e simili si attribuiscono a Dio, secondo la simiglianza dell'effetto; or poi che proprio dell'irato è punire, il suo punire si chiama metaforicamente ira. Disse dunque Dio all'uomo: 'Vesceris pane tuo in sudore vultus tui'. Ma quale di questi due passi dello Genesi dobbiamo noi recarci a mente per intendere il pensiero di Dante? Nel primo è espresso un atto della bontà di Dio, nel secondo un atto della sua giustizia: quindi il primo parrebbe più a noi opportuno che il secondo. Ma, oltre che il bene sta al giusto come il genere alla specie, non dovremmo noi credere che la giustizia di Dio, nella punizione del primo uomo, Dante ritenesse più tosto 'condecentia suae bonitatis' che 'retributio pro meritis'? Per la prima infatti risparmia, per la seconda punisce i cattivi (S. 1ª XXI 1). Ora l'Uomo predestinato già nella pena a essere riparato dalla divina bontà con 'Sì alto e sì magnifico processo (Par. VII 109, 113)' non fu certo punito 'pro meritis', ed ebbe dunque piuttosto un perdono che una pena e ricevè la prova meglio della bontà che della giustizia di Dio. Agostino poi (De Civ. D. XIV 21) ha per l'esortazione 'crescite et multiplicamini' un comento, che Dante poteva essersi appropriato per questo altro monito divino. Dice egli che tale benedizione di nozze 'fu data avanti il peccato, perchè si conoscesse che la procreazione dei figli pertiene alla gloria del connubio, non alla pena del peccato'. E così l'operare, perchè dato come fine prima del peccato, conservava dopo il peccato la nota della bontà divina per una parte, e per un'altra prendeva la nota della giustizia, come il procreare figli era segno della prima e il partorir con dolore della seconda. E concludevo che nel pensiero di Dante l'usuriere, negandosi di lavorare, disubbidiva a un precetto in cui era bensì il castigo dell'antico peccato, ma che era stato dato prima ancora di esso per divina bontà. Quindi offendeva la bontà anche ricusando di fare ciò che la giustizia di Dio aveva ingiunto, nè soltanto perchè ciò che la giustizia aveva ingiunto, la bontà aveva destinato, ma perchè la giustizia fu nel punire piuttosto una condecenza della bontà di Dio che una retribuzione secondo il merito dell'uomo, e perchè a ogni modo la giustizia è contenuta nella bontà, come la specie nel genere. Ma in tanto l'usuriere, pure riuscendo a offendere la bontà divina, faceva però direttamente contro la giustizia, perchè solo Adamo nel paradiso terrestre avrebbe potuto fare contro la bontà ricusando di operare. Ma i figli di Adamo nel paradiso non sono più, e per essi l'operare non è più disgiunto dalla fatica: dunque immediatamente si ribellano alla giustizia e solo mediatamente offendono la bontà.

Questo posto, io chiedeva; come l'uomo può ribellarsi alla Giustizia? come può misconoscerla? La Giustizia sta nel dare a ognuno 'suum ius': la misconosce chi ritiene 'iniuria' il 'ius', e Ingiustizia la Giustizia. L'usuriere dunque tiene ingiuria quello che è giusto; e si ribella. Ma io leggevo (S. 1ª 2ae XLVII 1) che 'ira est appetitus nocendi alteri sub ratione iusti vindicativi'; e così da Tomaso e da altri apprendevo che l'irato in tanto cerca vendetta (vindictam) in quanto gli par giusta; e vendetta giusta non si dà se non di ciò che ingiustamente fu fatto: e quindi ciò che provoca all'ira è sempre alcunchè sotto la ragion dell'ingiustizia (ib. 2); e che l'ira è 'libido ulciscendi (De Civ. Dei XIV 15)' e che, per non dire d'altri,

è chi per ingiuria par ch'adonti

Sì che si fa della vendetta ghiotto,

E tal convien che il male altrui impronti,

come Dante definisce. Ed ecco, io comprendeva assai meglio come quel della scrofa azzurra e grossa fosse collocato sotto le falde del fuoco nello stesso girone di colui che disse: Primus in orbe deos fecit timor. Poi che chiaro mi appariva, ora che violenza avevo fatta uguale a ira, come violenti potessero essere chiamati sì Capaneo e sì lo Scrovegni. Di vero gli usurieri par che adontino, come d'un'ingiuria, del castigo giustamente dato da Dio agli uomini 'di nutrirsi del pane loro nel sudore del loro volto', e si fanno ghiotti della vendetta. Ma come può essere vendetta di Dio? A questo proposito sapevo bene che il peccatore peccando 'non può in nulla nuocere effettivamente a Dio, tuttavia da parte sua doppiamente fa contro Dio: primamente, in quanto dispregia i suoi comandi, secondo, in quanto porta nocumento a qualcuno, a sè o ad altrui: il che pertiene a Dio, per il fatto che quegli, cui si porta nocumento, si contiene sotto la provvidenza e tutela di Dio (S. 1ª 2ae XLVII 1)'. Ora che è vendetta? Me lo spiegava Dante con l'ultimo verso del ternario sopra scritto, verso che vedevo non troppo ben inteso: chè egli dice male tal, come a dire sì fatto o uguale, a quello che ha ricevuto, gli bisogna rendere subito a quello che glielo ha fatto. Ora è opportuno considerare che secondo Tomaso, che segue Aristotele, tutte le cause d'ira si riducono alla 'parvipensio' o 'despectio', ossia disprezzo (1ª 2ae XLVII 2). Dunque l'usuriere si vendica di Dio opponendo al disprezzo il disprezzo, poi che dispregia per sè natura e per la sua seguace, e perciò Dio; come Capaneo, che giace dispettoso ed ebbe e par ch'egli abbia Dio in disdegno. Ma come l'usuriere può credere d'essere spregiato da Dio? La 'parvipensio' o disprezzo, dice Tomaso (ib.), 'si oppone all'eccellenza dell'uomo; chè gli uomini ciò che in nessun modo stimano essere degno, disprezzano, come è detto nel secondo della Retorica: or dai nostri beni vogliamo alcuna eccellenza: e perciò qualunque nocumento a noi si porti, in quanto deroga dall'eccellenza, pare appartenere al disprezzo'. Si pensi ora alla tasca che avea certo colore e certo segno, in cui si pasce l'occhio di questi peccatori: si vedrà con quanta accortezza il Poeta significhi come essi fossero teneri d'alcuna eccellenza e come perciò propensi a considerare disprezzo il comandamento di trarre il sostentamento dalla propria fatica. Chi può affermare d'aver capito qualche cosa in questa strana comune "nobiltà,, degli usurai di Dante? E se ne conferma che il loro peccato è ira, perchè tutte le cause d'ira si riducono alla parvipensio. Sono poi collocati su per la strema testa di quel settimo cerchio, come i superbi imitatori di Caino sono finitimi agl'invidi; per mostrare come la loro colpa abbia qualche cosa della frode; poi che pur volendo vendicarsi di Dio "portano nocumento... ad altrui,,. Ma pur facendo direttamente contro Dio, non sono più giù messi, perchè il loro peccato, che non è dell'uom proprio male, è senza concorso d'intelletto e non può quindi essere che ira.

La violenza è senza lume d'intelletto; dunque è matta bestialitade o ira che è 'furor brevis'; la bestialità è appetito di vendetta; dunque è ira. Così avevo concluso, così dovevo concludere. Ma l'ira è con ragione: dice Tomaso. Sì; ma egli disputa (1ª 2ae XLVI 4) che con ragione ella è quodammodo, poi che la ragione non le si accompagna se non come denunziatrice dell'ingiuria da vendicare; ed essa 'non perfettamente la ode, poichè non osserva la regola della ragione nel far vendetta; sì che all'ira si richiede qualche atto della ragione e si aggiunge impedimento di essa ragione'. Ora io vedevo a questo concetto rispondere esattamente il subito adirarsi del Minotauro, chè questi, quando vide Dante e Virgilio, 'sè stesso morse, Sì come quel, cui l'ira dentro fiacca'. Perchè? perchè egli crede, come lo rimbrotta Virgilio, che lì sia il duca d'Atene, il suo uccisore. Qui è dunque un atto di ragione la quale manifesta o ricorda all'infamia di Creti l'antica ingiuria; onde s'adira, appena veduti i due visitatori d'Inferno, appetendo vendetta. Ma Virgilio vuol renderne vana l'azione, e perciò più vivo gli desta nell'anima il ricordo di quella ingiuria; onde l'uomo-toro si fa e sembra toro soltanto, e diventa bestiale: ciò è all'atto di ragione, che gli denunzia l'ingiuria che è nelle parole di Virgilio, segue impedimento di essa ragione: il che fa sì che i due possano agevolmente correre al varco, mentre ch'è in furia. Così vedevo che a tutti i violenti la ragione bensì denunziava un'ingiuria o supposta o vera, di cui essi bramavano, anzi facevano vendetta, ma che essi, nel farla, obliavano la ragione. Così dei tiranni mi pareva che Dante pensasse come appunto tiranni fossero perchè il loro giudizio non era stato quel che doveva essere, che Dante significa, parlando di Arrigo (Ep. V 3): 'semper citra medium plectens'. Di Arrigo egli dice che, come Cesare, perdonerà a chi implorerà misericordia, poi che la sua maestà 'de fonte defluat pietatis'; e come Augusto, 'relapsorum facinora vindicabit'. In simile guisa i sovrani devono bensì vendicare i delitti, ma hanno a castigare 'citra medium' e ascoltare la pietà: se no, sono tiranni. Or di questi nel fiume di sangue si piangono appunto gli spietati danni, ossia le pene date senza ascoltare la pietà, che è giustizia e ragione ascoltare. Quanto poi alla vendetta privata, che Dante tien giusta (Inf. XXIX 16 e segg.), pone l'esempio di Guido di Monforte, che avendo ragione di vendicarsi di Eduardo Re, non seguì ragione in rependendo vindictam, e per la persona sulla quale si vendicò e per il luogo, in grembo a Dio, e per il modo come si vendicò. Nè i guastatori e ladroni sono puniti nel settimo cerchio invece che nell'ottavo, per altro che per avere sì con la ragione appresa un'ingiuria, di cui o ragionevolmente o no appetirono vendicarsi (il che dei guerrieri di strada maestra è ancora consuetudine ed opinione), ma non aver poi seguito ragione nel vendicarsi stesso, specialmente col prendersela con tutti, senza più attendere se rei verso loro o no: onde la loro cupidigia cieca. Ciò in nessuno appariva più manifesto che in Pier della Vigna: al quale il Poeta fa dimostrare e giurare che non ruppe fede al suo signore e perciò fu a torto accusato e abbacinato o imprigionato, donde in lui giusto risentimento per vera ingiuria. Ma la ragione dopo l'abbandonò:

L'animo mio per disdegnoso gusto

Credendo col morir fuggir disdegno

Ingiusto fece me contra me giusto:

nel qual luogo è da notarsi 'l'animo mio', che è precisamente il θυμός di cui è parola di Tomaso (1ª 2ae XLVI 8), dove si conclude: nihil autem prohibet, ut θυμός graece, quod latine furor dicitur, utrumque importet, et velocitatem ad irascendum, et firmitatem propositi ad puniendum. Anche Pier della Vigna adunque, abbandonato dalla ragione, la qual pur rettamente gli designava l'ingiuria e l'ingiuriatrice, scambiò nella vendetta la persona, punendo sè stesso e non altri. L'ira invero è matta, è folle, è una "pazzia breve,,; una pazzia che può, per il momento che arde, trovarsi in persone per solito e per altre parti ragionevolissime; onde Dante sotto la guardia del Semifero ci fa vedere uomini come Pier della Vigna e altri che posero gli ingegni a ben fare, e cui abbracciare Dante avrebbe voluto, e avanti i quali egli poteva andare reverente. Ma qui anch'io esclamai, come Dante, vedendo uno in cotal famiglia: Siete voi qui, Ser Brunetto? Il peccato di cui foste lercio, come può essere ira? Ma mi soccorse lo Genesi, e subito compresi, che come gli eccellenti e nobili usurieri erano violenti contro l'Arte e perciò contro la Natura e quindi rei d'ira contro Dio, così questi letterati grandi e di gran fama erano rei d'ira contro Dio perchè colpevoli di violenza contro la Natura. Nel fatto il loro peccato è contro natura, 'in quantum impeditur generatio prolis (S. 1ª 2ae CLIV 1)'. E in somma contro il dolce comando di Dio: 'Crescete e moltiplicate ed empite la terra e sottomettetela...'. Il qual comando, poi che fu dato prima che i primi parenti mangiassero del pomo, attestava la santità delle nozze ed era argomento della divina bontà. Ma dopo il peccato sonarono le lugubri parole: Dio 'alla donna ancora disse: Moltiplicherò i dolori tuoi e i concepimenti tuoi: nel dolore farai figli e sotto il potere dell'uomo sarai ed esso dominerà su te. E ad Adamo disse: Perchè udisti la voce della moglie tua e mangiasti del legno del quale ti avevo comandato che tu non mangiassi, maledetta la terra nell'operar tuo! nelle fatiche mangerai da lei in tutti i giorni della vita tua; spine e triboli ti germinerà e mangerai le erbe della terra. Nel sudore del volto tuo ti ciberai del pane tuo, finchè ritorni nella terra dalla quale preso fosti; perchè polvere sei e in polvere tornerai!'. Ora l'invito alle nozze che resta anche dopo questa intimazione di morte e di sventura, può fare apparire maledizione quella che fu una benedizione, e credere pena del peccato quella che è gloria del connubio: onde gli uomini respingono, nell'ira loro, la provvidenza di Dio che 'masculum et feminam fecit eos'. Perchè "crescere,, l'infelicità? perchè "moltiplicare,, la morte? Così non vollero che per loro seguisse 'generatio prolis', e spregiando natura e perciò Dio, vollero vendicarsi del dispregio di Dio, che essi letterati grandi e di gran fama più che altri sentivano nel cuore. In tal modo cominciavo a comprendere come il peccato, di che era lercio ser Brunetto, non impedisse che Dante tenesse il capo chino come uom che reverente vada; anzi come Dante potesse porre tra tale masnada chi nel mondo ad ora ad ora gli insegnava come l'uom s'eterna. E ricordavo che a quei tempi erano sette o congreghe che erano riputate ree di simile ribellione a Dio, e che i Cathari, come diceva il Moneta, affermavano illegittima, cioè contro la legge di Dio la congiunzione pur nel matrimonio, 'quia credunt corpus maris et foeminæ a diabolo fuisse factum' (Tocco, Eresia, p. 90, n.

1), e gli Almariciani, partendo dal principio che la distinzione del sesso si dovesse al peccato, 'et stupra, come Martino Polono asseriva, et adulteria in charitatis nomine committebant' (ib. p. 413, n. 2); e ammiravo il Poeta che così altamente concepiva il peccato degli uomini, raffigurandolo in quel primo eterno drama, dentro e fuori il paradiso deliziano, dove sonava la voce di Dio e fiammeggiava la spada del Cherubino; di che Dante aveva ammonito il discreto lettore ricordando lo Genesi: quando in me patii, quello che il primo Angelo patì nel sentire che il suo levarsi era cadere. Udii in fatti nella settima cornice del Purgatorio una delle due schiere di lussuriosi sopragridar, Soddoma e Gomorra. Erano essi manifestamente rei del peccato di Ser Brunetto, e il loro peccato era manifestamente di lussuria: dunque io avevo errato e tutto il mio argomentare era stato, per questo punto, e forse per tutti, in vano.

Peraltro io pensai come già avessi veduto che tra il Purgatorio e l'Inferno si doveva attendere una differenza, in quanto che nei peccati che si puniscono nell'Inferno, sono l'odio di Dio e l'odio di sè, i quali non sono nei peccati che si scontano nel Purgatorio. Onde m'incorai a cercar meglio la cosa. Come in vero potrebbe entrare a farsi bella anima che odiasse ciò che veramente ella è, e volesse cose contrarie alla ragione? come potrebbe odiar Dio chi appunto, se a Dio non si rivolgesse in un empito d'amore, non salirebbe il santo monte? Dice Manfredi:

Io mi rendei

Piangendo a Quei che volentier perdona.

Orribil furon li peccati miei,

Ma la bontà infinita ha sì gran braccia,

Che prende ciò che si rivolge a lei.

Senza quel pianto di contrizione, egli meritava forse la Ghiaccia; ma si rese in tempo, sebbene in punto di morte, a Quello da cui si era allontanato in vita co' suoi peccati. E quali fossero questi, non dice Dante, e non si sa se credesse a quello a cui molti credevano: a ogni modo, in ogni peccato è allontanamento da Dio, è 'aversio'; anzi esso peccato è allora mortale e da punirsi eternalmente, quando giunge sino all'allontanamento dall'ultimo fine, ciò è Dio (S. 1ª 2ae LXXII 5): ora questa aversione non è più certo in chi si converte o si rivolge. Il che è significato da Tomaso con queste parole: 'Quando per la grazia si rimette la colpa, si toglie l'allontanamento (aversio) dell'anima da Dio, in quanto per la grazia l'anima a Dio si congiunge. Onde e per conseguente insieme si toglie la condanna alla pena eterna (3ª LXXXVI 4)'. Ma aggiunge: 'Può tuttavia rimanere la condanna a qualche pena temporale'. Or come questo? Perchè in ogni peccato è non solo l''aversio ad incommutabile bono', ma anche la 'inordinata conversio ad commutabile bonum (1ª 2ae LXXXVII 4 e passim)'. Quale per la superbia, per la invidia, per l'ira sia questo commutevole bene, Dante dice (Purg. XVII 115 e segg.): l'eccellenza, che il superbo spera; podere, grazia, onore, fama, che l'invido teme di perdere; la vendetta, di cui l'iroso è ghiotto. Tace poi quale sia l'altro ben che non fa l'uom felice, a cui troppo s'abbandonano gli avari e prodighi, i golosi, i lussuriosi; ma facilmente s'intende, quale è. E io m'indugiavo a solvere un dubbio, che qui mi si presentò d'un tratto. I peccati si dividono dai Teologi in spirituali e carnali. Carnali sarebbero, secondo Gregorio, soli la lussuria e la gola; ma altri, seguendo San Paolo (Ad Ephes. V) che nomina l'avaritia accanto alla fornicatio e all'immunditia, aggiungono l'avarizia; e di questi era certo Dante: il quale in altra cosa (lasciando l'opinione sulle gerarchie angeliche; Par. XXVIII 132) pare non si accordi con Gregorio, poi che, dicendo questi che i peccati carnali sono minoris culpae ma infamiae maioris, esso, come correggendo, dice dell'incontinenza (Inf. XI 84) che men Dio offende e men biasimo accatta. Pone dunque Dante l'avarizia o meglio il malo spendio tra i peccati carnali o d'incontinenza, seguendo Tomaso che spiega (1ª 2ae LXXII 2) Potest dici, quod res, in qua delectatur avarus, corporale quoddam est; e come il più grave dei tre. Ma questi tre sono pur meno gravi dei peccati spirituali, i quali (S. 1ª 2ae LXXIII 5) 'pertengono allo spirito, di cui è proprio il volgersi a Dio e l'allontanarsi da lui, mentre i peccati carnali si consumano nella dilettazione dell'appetito carnale, a cui principalmente pertiene volgersi al bene corporale; e perciò il peccato carnale, in quanto è tale, ha più della conversione, perchè è anche di maggiore adesione; ma il peccato spirituale ha più di aversione, dalla quale procede la ragione della colpa, e perciò il peccato spirituale in quanto è tale è di maggior colpa'. Ora il mio dubbio era qui: poi che nel purgatorio i rei di peccati spirituali non possono essere più con allontanamento da Dio, perchè non sono essi posti nelle cornici superiori? In vero osserva S. Tomaso (2ª 2ae CLXII 6) che 'dalla parte della conversione non ha la superbia di che essere il più grande de' peccati: perchè l'altezza (celsitudo) che il superbo inordinatamente appetisce, secondo la ragion sua non ha la più grande ripugnanza al bene della virtù'. E pure anche nel Purgatorio pone Dante la superbia come il massimo dei peccati, ponendola nell'ima cornice, sebbene dichiari ch'ella non altro appetisce se non quella stessa eccellenza 'che secondo la ragion sua non ha la più grande repugnanza al bene della virtù'. E qui il dubbio si sciolse; diceva infatti Dante:

È chi per esser suo vicin soppresso

Spera eccellenza;

e così della superbia, come dell'invidia e dell'ira, affermava che il fine era il mal del Prossimo. Aveva dunque Dante concepiti questi tre peccati, o almeno la superbia, in un modo tutto suo; sì che nessuno avrebbe dovuto meravigliarsi di ciò che m'era parso: che egli avesse agguagliate la superbia e la invidia e l'ira punite in inferno al tradimento o frode in chi si fida, alla frode in chi non si fida, alla violenza o bestialità. E così tornavo al punto in cui avevo perduto la speranza dell'altezza; al punto in cui tutti i miei ragionamenti avevo veduti vani, accorgendomi che Soddoma, che io credevo fosse per Dante peccato d'ira o violenza o bestialità, che sono una cosa, era invece per lui, come per tutti, peccato di lussuria. Oh! ma, io dissi, i soddomiti del Purgatorio si resero a Dio, entrarono nel Purgatorio dopo giusto pentere. Ora la penitenza di che effetto era stata nel loro reo? Rispondeva S. Tomaso (3ª 86 4): 'Per la grazia si toglie l'aversione della mente da Dio, insieme con la condanna alla pena eterna: rimane tuttavia ciò che è materiale, cioè l'inordinata conversione a un bene creato, per la quale si deve condanna a pena temporale'. Tolto dunque nel peccato de' soddomiti ciò per cui esso era più veramente un allontanamento da Dio, ciò è la volontà d'impedire la generazione della prole, rimaneva pur sempre l'atto materiale, che è di lussuria. E così non solo io mi confermava nei miei ragionamenti, ma vi trovava una forza nuova che mi spingeva a cercare sempre più, con la certezza che avrei trovato. Di vero io mi rivolgeva agli altri interpreti e domandava loro, perchè non avessero spiegato come Dante in Inferno non avesse posto Brunetto coi lussuriosi, poi che nel Purgatorio vi aveva posto il Guinizelli; e sentivo che non avrebbero potuto o non potrebbero darne ragione, che stesse. Io in vece poteva anche ricordare, che Tomaso afferma come in un peccato possono concorrere più difformità e, a modo d'esempio, riportare che egli dice dell'adulterio come non solo pertenga al peccato di lussuria ma sì anche a quello d'ingiustizia (1ª 2ae LXXII 2).

XXVI

Nei peccati adunque del Purgatorio sapevo mancare l'aversione da Dio e di essi punirsi soltanto la conversione a un commutevole bene. Al contrario in quelli dell'Inferno, si puniva con pena eterna l'aversione da Dio. Il Purgatorio era tutto d'uomini conversi a Dio; l'Inferno era d'uomini aversi da Dio. Il che vedevo significato dal Poeta col fare che nessuno de' rei pronunziasse il nome di Dio; salvo Capaneo, il violento contro Dio, che nomina sdegnosamente Giove (Inf. XIV 52), e Vanni Fucci, il finto violento, che con lo sconcio gesto grida: Togli, Dio (Inf. XXV 3). Quante volte un dannato vuole significare Dio, accenna o vela; e così Francesca (V 91) dice, il Re dell'universo; e Farinata, il Sommo Duce (X 102); e Ulisse, altrui (XXVI 141); e Maestro Adamo, la rigida giustizia (XXX 70); nello stesso modo che Virgilio, il quale pure pronunzia il nome di Dio, accenna però e vela quello di Cristo, chiamandolo un Possente (IX 53); Colui che la gran preda Levò a Dite (XII 38), l'Uom che nacque e visse senza pecca (XXXIV 115). E tralascio, come evidente a tutti, che l'Inferno stesso è volto alla parte contraria a quella donde si sale a Dio e che, rispetto a Dio, Lucifero e tutto il suo gregge doloroso sono capovolti. Ora io notava che in ogni peccato mortale è aversione e conversione; ma che tuttavia il peccato carnale ha più della conversione, e lo spirituale più dell'aversione, e che perciò questo è più grave di quello (S. 1ª 2ae LXXIII 5). E questo sapeva essere la ragione per cui Dante aveva collocato i peccati carnali, dei quali per lui era anche l'avarizia, fuori di Dite e oltre lo Stige. Men Dio offende, dice esso, l'incontinenza; tuttavia l'offende e con conseguenza anche di pena eterna. Perchè, mentre in ogni peccato mortale è aversione e conversione, in alcuni peraltro è principale quella, in altri questa; e l'una porta con sè l'altra (S. 2ª 2ae XX 1). Così nel peccato di lussuria, è la conversione al piacere carnale che porta seco l'aversione da Dio e nel peccato di superbia è invece l'aversione da Dio che produce la conversione a qualcosa di terreno. E gli altri peccati carnali sono come la lussuria, e gli altri spirituali, come la superbia. E la superbia, dice S. Tomaso (2ª 2ae CLXII 6), 'excedit in aversione'. Il che, come dà l'esatta spiegazione dell'ordine, in cui sono puniti nell'Inferno questi sei peccati, lussuria, gola, avarizia, carnali, ira, invidia, superbia, spirituali, così ci illumina di nuova luce la profonda coscienza di Dante. Poi che noi vediamo come egli punisca tra i lussuriosi gli adulteri Paolo e Francesca, significando con ciò che in loro la conversione aveva preceduto l'aversione; che colpa d'amore era la loro, d'amor che a cor gentil ratto s'apprende, d'amor ch'a nullo amato amar perdona; che nel loro adulterio incestuoso non era peccato d'ingiustizia; che l'uccisore della moglie e del fratello, sebbene colpevoli, era più reo di loro; e mostrando così prima ancora di venir meno e cadere, la pietà per i duo cognati. E vediamo altresì che, nei peccati spirituali, l'aversione da Dio per desiderio o di primazìa assoluta, o di podere, onore, grazia e fama, o di vendetta, doveva suggerire all'intelletto volto al male un'ingiuria contro Dio e contro chi di Dio più tiene o contro gli uomini, oppure alla passione, al core, un'ingiuria contro Dio, contro sè stesso, contro il Prossimo; perchè ella fosse eternamente punita. Così Dante non poneva nell'Inferno la superbia se non come tradimento, l'invidia se non come frode, l'ira se non come bestiale violenza contro il prossimo, contro sè stesso, contro Dio, la Natura e l'Arte.

Ma se l'ira è punita nel settimo cerchio, quali sono nel pantano di Stige 'L'anime di color cui vinse l'ira'? Così tornavo al luogo e all'ora oscura dell'Inferno; a cui quante volte avevo pensato interrompendo i miei ragionamenti, tante dicevo a me stesso che io doveva ossequio ad essi, anche quando parevano contradire la verità meglio apparente. Ora, dunque, riprendevo l'esame della questione, dalla quale avevo mosso, e domandavo quali erano esse anime, e di che ree. Una cosa era chiarissima, che essi, della palude pingue, come i lussuriosi, golosi, avari e prodighi, avevano peccato per quella disposizione che l'Etica chiama incontinenza, allo stesso modo che di malizia erano rei i felli dell'ottavo e nono cerchio e di matta bestialitate quelli del settimo. E incontinenza è, secondo lo stesso Dante (Purg. XVII 136 e segg.), l'abbandonarsi troppo con l'amore d'animo a un bene, che è bene sì ma non fa l'uom felice; è (ib. 97 e segg.) il non misurarsi che faccia il detto amore ne' beni terrestri, è il correre suo nel bene con più cura che non dee. E anche nell'inferno egli definisce gl'incontinenti in genere, pure adombrando i lussuriosi in ispecie (Inf. V 38 e segg.): 'i peccator carnali, Che la ragion sommettono al talento'. Ora il talento che è? È quello che Dante chiamò ancora libito; è l'appetito sensitivo; anzi, quella sua parte che è detta il concupiscibile. Dunque nei peccatori carnali la ragione non fa più il suo ufficio di muovere essa la volontà, la quale è media tra la ragione e il concupiscibile (S. 2ª 2ae CLV 3); ma lascia che l'altro la muova a suo piacere. E io mi domandavo, con altri molti: Può essere incontinenza d'altro che di concupiscibile? L'Etica in vero (VII 4) distingue gl'incontinenti assolutamente, cioè quelli che tali sono intorno ai piaceri del corpo, e gl'incontinenti secondo l'aggiunta intorno a questo o quello. E nel capo sesto distingue gl'incontinenti d'ira e quelli della concupiscenza, e dice quelli meno turpi di questi; quelli in qualche parte seguendo la ragione, e questi no. Vi è dunque come un'incontinenza di concupiscibile, così un'incontinenza d'irascibile, parti, questo e quello, dell'appetito sensitivo; il che conferma Tomaso in molti punti della Somma (2ª 2ae LIII 6, CLVI 4, CLVIII 4, CLV 2, CLVI 2). Bene: ma che altro è essere incontinente d'ira da essere reo d'ira o violenza o bestialità? E pure Dante i rei d'ira pone nel settimo cerchio, dentro Dite, con ciò affermando che non sono incontinenti. E che sono dunque? Sono uomini che fecero ingiuria, in seguito a incontinenza d'ira. Poi che per Dante l'ira non è ira se non ha per fine il male, come nè la invidia è invidia, nè la superbia è superbia senza altrui danno. Or dunque, se noi supponiamo che incontinenti d'irascibile siano quei della palude pingue, cui vinse l'ira, come incontinenti di concupiscibile sappiamo che sono quelli dei tre cerchi anteriori, che la ragion sommettono al talento, dobbiamo inferire che essi non fecero ingiuria, perchè altrimenti sarebbero stati messi più giù, nel settimo cerchio. Così pensavo; e vedevo che nel pantano erano genti fangose con sembiante offeso, di cui uno solo era nomato, Filippo Argenti, che all'ultimo in sè medesmo si volgea coi denti; e di questo non era ricordata alcuna reità e solo se ne diceva: 'Bontà non è che sua memoria fregi'. E concludevo che ben poteva essere che il bizzarro e le altre genti ignude fossero stati incontinenti d'ira, ma che male altrui non avessero fatto, sì l'avessero voluto fare, rodendosi continuamente per l'odio e la rabbia: il che era significato sì dal male che erano, per divina giustizia, costretti a farsi laggiù, 'Troncandosi coi denti a brano a brano', e sì volgendosi, come l'uno d'essi fa, coi denti in sè medesimi. E subito le genti ignude tutte mi richiamarono al pensiero altri sciaurati anch'essi ignudi (Inf. III 64 e segg.), anch'essi continuamente in moto, anch'essi continuamente tormentati, sebbene da mosconi e da vespe e non dai compagni di pena o da loro stessi. Le somiglianze erano altre molte: Virgilio lassù garrisce Dante, dicendo 'Non ragioniam di lor, ma guarda e passa'; qua Virgilio cinge a Dante il collo con le mani e lo bacia e lo chiama 'Alma sdegnosa', perchè ha ributtato l'Argenti; là e qua conosce un'Ombra, e della prima non dice il nome, la seconda non noma esso, sì il volgo delle anime; 'Fama di loro il mondo esser non lassa', dice Virgilio degli sciaurati; 'Bontà non è che sua memoria fregi', dice di Filippo Argenti. Cattivo il coro degli angeli che furono per sè, dei cattivi è tutta quella setta; bontà non fregia la memoria della persona orgogliosa. E questa esclama: 'Vedi che son un che piango'; e di lagrime è mischiato il sangue che riga il volto dei vili. E là sono angeli, e qua staranno gran regi. E sopra tutto così dalla riviera d'Acheronte, presso cui era la setta dei cattivi, come dalla secca ripa della palude, in cui stavano i vinti dall'ira, Dante vedeva arrivare per il fiume e per il pantano una nave, e nella nave là Caron, qua Flegias; e tutti e due gridano e tutti e due tacciono alle parole di Virgilio. Che dovevo concludere?

XXVIII.

Questo, per allora: che vi era come un navicellaio dell'Inferno così un galeotto di Dite, e come un Antinferno così un Antidite, e che alle anime dell'Antinferno rassomigliavano quelle dell'Antidite, come a Caron Flegias e a Stige Acheronte. In tanto posi mente ai peccatori fitti nel limo, che dicono:

tristi fummo

Nell'aer dolce che dal sol s'allegra,

Portando dentro accidioso fummo:

Or ci attristiam nella belletta negra;

e notai che nella tristezza erano simili non solo alle anime triste degl'ignavi, ma anche ai loro compagni che si percotono, de' quali uno dice: 'son un che piango'. Ricordai a questo proposito che anche il violento, almeno contro sè e le sue cose, piange là dove esser dee giocondo (Inf. XI 45): il che faceva più stretta la relazione tra i peccatori della palude pingue, che io diceva incontinenti d'irascibile senza ingiuria, e quelli del settimo cerchio, che io aveva dichiarati rei d'ira. Ma ad altro io attendeva: che rea d'accidia fosse la gente che sospirava nel limo, era per me indubitabile, oltre che per altre ragioni, per questa, che l'accidia è, secondo la definizione di Gregorio Nysseno (vedi in S. 1ª 2ae XXXV 8), 'tristitia vocem amputans', il che dà la spiegazione non solo dell'attristarsi di quell'anime che triste furono già in vita, ma anche di non poter esse dire il loro inno con parola integra. Ora questi accidiosi assomigliano certo, nell'essere stati e nell'essere tristi, alle 'anime triste di coloro Che visser senza infamia e senza lodo'. Le quali in altro assomigliano ad altri accidiosi, a quelli del Purgatorio: nella pena; poi che e questi e quelli corrono incessantemente. Accidiosi dunque potevo riputare anche i vili o ignavi dell'Antinferno: ai quali avevo veduto assomigliare in molte parti gl'incontinenti d'ira dell'Antidite. Sì che entravo a poco a poco nel pensiero che come l'Antinferno così l'Antidite fosse popolato d'accidiosi. In vero accidioso è chi non fa il bene, poi che accidia è definita 'taedium bene operandi (S. 1ª LXIII 2ae passim)'; e d'uno della fangosa gente, e s'intende di tutti, Virgilio dice: 'Bontà non è che sua memoria fregi'. Non fecero dunque il bene. Ma forse perchè lento fosse l'amore (Purg. XVII) che li tirava ad esso? Non propriamente, ma perchè, sotto il predominio dell'irascibile, amavano il male. Fecero dunque il male? No: chè allora sarebbero puniti tra i violenti. Non fecero dunque nè il bene nè il male, come appunto i vili dell'Antinferno, ma con la differenza che questi sciaurati mai non fur vivi, ossia non si giovarono della libertà del volere concesso da Dio per suo maggior dono, e gli incontinenti d'ira ne profittarono sì, per amare il male, ma non fecero poi nè male nè bene. Sì che come l'Inferno, quanto egli è, non riceve quelli, così Dite non vuol questi. Ora questi mi parevano di due ragioni: l'anime dei vinti dall'ira e la gente che gorgoglia l'inno; ma vedevo che avevano tra loro di comune, oltre l'essere nel pantano, la

'Tristitia'; che negli immobili era significata dalle parole stesse del loro canto, e nei rissosi era accennata dal sembiante offeso e dichiarata con l'accento d'uno d'essi: 'Vedi che son un che piango'. Ora la Tristizia è 'media tra due passioni dell'irascibile: che segue il timore; poi che quando occorra il male che si temeva, se ne causa la tristezza; e precede il moto d'ira, perchè, quando dalla precedente tristezza alcuno insorge alla vendetta, ciò pertiene al moto d'ira (S. 1ª 2ae XXV 1)'. Sopra tutto ricordavo: 'l'irato ha speranza di punire, che appetisce la vendetta come a sè possibile. Onde se molto alta sia stata la persona che fece nocumento, non ne segue ira, ma solamente tristizia (S. 1ª 2ae XLVI 1)'. A questo mi pareva aver mirato Dante e aver segnata una differenza tra peccatori e peccatori nella palude stessa. E ciò era evidente dal fatto che fitti immobilmente nel limo sono i primi, per mostrare che essi scontano quella passione del concupiscibile, ciò è la Tristezza, la quale 'importa quiete nel male (S. l. c.)'; e mobili e inquieti sono i secondi, per indicare che essi ubbidirono al moto dell'irascibile; ma sino a un certo punto; non essendo giunti a fruire di quella 'quiete nel bene' che è il gaudio della vendetta: nel bene, poi che 'rendere il male, si apprende come bene (S. l. c.)'. Così concludevo: ma dubitavo ancora come potessero essere considerati incontinenti dell'irascibile sì i quieti e sì gl'inquieti, parendomi che quelli, più tosto che incontinenti, se ne avessero a giudicare privi, poi che il timore aveva impedito le loro azioni e cagionata la loro tristezza: il timore che è la passione dell'irascibile opposta alla speranza o al desiderio. A ciò rispondevo che incontinenza si aveva a interpretare disordine o squilibrio, e che essi erano fitti nel limo sotto e presso quelli che dentro esso limo rissavano, per la medesima ragione che di fronte agl'incontinenti nell'amore della ricchezza erano i prodighi, sì che come avari e prodighi potevano contenersi nello stesso nome di male spenditori o dismisurati nello spendio, così i quieti e gl'inquieti dello Stige si potevano definire dismisurati o squilibrati nelle passioni dell'irascibile. E il Poeta rappresentava sopra loro, in modo molto chiaro, come l'uomo deve essere temperato in tali passioni. Chè Dante, respingendo l'Argenti, che forse voleva salire sulla barca (me lo fa sospettare un altro sospetto, che l'episodio Dantesco sia suggerito dal Virgiliano di Palinuro: Da dextram misero et tecum me tolle per undas: Aen. VI 370 e segg.), e facendosi poi abbracciato e baciato da Virgilio per il suo sdegno, dichiara che nè la misericordia è sempre virtù, nè l'ira è sempre peccato; e che il moto dell'irascibile è naturale all'uomo, quando è secondo ragione (S. 2ª 2ae CLVIII 2), e che vi è un appetito d'ira lodevole, che si chiama 'ira per zelum', quando alcuno appetisce che secondo l'ordine della ragione si faccia vendetta (vindicta) (ib.)'. E qui la vendetta era, se mai altra, giusta, perchè veniva da Dio. Ora chi di questa 'ira per zelum' non è capace, come chi solo è capace di 'ira per vitium', pecca, e poi che Dante in quel brago destina, per bocca di Virgilio, gran regi, io non sapeva se intendesse che v'abbiano a essere tuffati per difetto della prima o per abbondanza della seconda.

Questi gran regi fermavano il mio pensiero. Era chiaro che il loro castigo dopo morte era in aspro contrasto con la nobiltà loro in vita, e che tra porci e gran regi Dante intendeva l'opposizione che è tra nobilissimi e vilissimi. E qui soggiungevo che Dante fa veramente vile contrario di nobile, anzi reputa che il vocabolo nobile sia quasi non vile (Conv. IV 16). E vile fa uguale a bestia (Conv. III 7), dicendo vedersi 'molti uomini tanto vili e di sì bassa condizione, che quasi non pare essere altro che bestie'. Il che è ancor meglio spiegato con queste parole (Conv. II 8): 'le cose deono essere denominate dall'ultima nobiltà della loro forma; siccome l'uomo dalla ragione, e non dal senso, nè da altro che sia meno nobile: onde quando si dice: l'uomo vivere, si dee intendere, l'uomo usare la ragione; ch'è sua spezial vita ed atto della sua più nobile parte. E però chi dalla ragione si parte e usa pur la parte sensitiva, non vive uomo, ma vive bestia'. Queste parole illustrano il fatto che quelli che la ragion sommettono al talento, sono dal Poeta assomigliati ad animali: i lussuriosi a stornelli e poi a gru, e due d'essi a colombe, in cui il disio precede il volere; i golosi, a cani; e a cani, implicitamente, i mali spenditori della cui voce dice che abbaia, lasciando che equivale a dire che non vissero uomini e perciò vissero bestie, il dichiarare:

La sconoscente vita che i fe' sozzi

Ad ogni conoscenza or li fa bruni.

E poi a guardia de' golosi è il dimonio Cerbero, che con tre gole caninamente latra, e de' mali spenditori, Pluto, che è chiamato maledetto lupo. Ma cani sono anche detti i dannati dello Stige, come a porci sono assomigliati i gran regi: chè anche di loro si può affermare che non usarono ragione. Bestie dunque furono e saranno, se pure non si voglia dire, che non furono mai vivi, che torna lo stesso; poi che Dante, stesso osserva (Conv. IV 7): '... vivere nell'uomo è ragione usare. Dunque se vivere è l'essere dell'uomo, e così da quello uso partire è partire da essere, e così è essere morto'. Ora appunto di quelli rei di viltate, il Poeta dice: che mai non fur vivi. Ma si sa che i bruti e sono privi di libero arbitrio (S. 1ª LIX 3 e passim) e usano 'pur la parte sensitiva (Conv. l. c.)' o appetito: quell'appetito che, secondo le parole di esso Dante (Conv. IV 26) 'mai altro non fa, che cacciare e fuggire; e qualunque ora esso caccia quello che è da cacciare, e quanto si conviene, e fugge quello che è da fuggire, e quanto si conviene, l'uomo è nelli termini della sua perfezione. Veramente questo appetito conviene essere cavalcato dalla ragione: chè siccome uno sciolto cavallo, quanto ch'ello sia di natura nobile, per sè senza il buono cavalcatore bene non si conduce, e così questo appetito, che irascibile e concupiscibile si chiama, quanto ch'ello sia nobile, alla ragione ubbidire conviene; la quale guida quello con freno e con isproni; come buono cavaliere lo freno usa, quando elli caccia; e chiamasi quello freno temperanza, la quale mostra lo termine infino al quale è da cacciare; lo sprone usa, quando fugge per lo tornare al loco onde fuggir vuole; e questo sprone si chiama fortezza, ovvero magnanimità, la qual vertute mostra lo loco ove è da fermarsi e da pungere (al. pungare)'. Di che consegue che non è nobile, sì vile, sì bestia, sì non vivo, come colui che non usa nel cacciare il freno della temperanza, così quello che non adopera nel fuggire lo sprone della fortezza o della magnanimità. E qui io notava che non il solo concupiscibile caccia e il solo irascibile fugge; ma che per l'una potenza 'l'anima è inclinata a proseguire (cacciare, dice Dante) le cose che sono convenienti secondo senso e a fuggire le nocive'; per l'altra 'l'animale resiste a ciò che gl'impugna le cose convenienti e gli porta danno (S. 1ᵃ LXXXI 2)'. Dunque Dante poteva trovare due specie di viltà, in proposito: di chi non fuggisse e di chi non resistesse; di chi fosse dominato da passioni atte a infirmare o la potenza concupiscibile o la potenza irascibile dell'anima nella loro attitudine a 'fuggire': dalla tristizia, per la prima; dal timore, per la seconda; poi che a quattro si riducono le passioni dell'anima, gioia e tristezza, speranza e timore (S. 1ᵃ 2ae XXV 4 e passim), che Dante trovava espresse nell'Eneide (VI 733), e nel suo dottore, in Boezio (Cons. Phil. I). E io avevo già veduto come i fitti nel limo scontassero l'essere stati in vita tristi, l'essersi quietati nel male, e i rissosi nel brago fossero puniti per esser sorti sì alla vendetta, ma non averla compiuta per timore. Che se la vendetta era giusta, erano rei di non averla fatta, se era ingiusta, erano colpevoli d'averla desiderata. E qui tornando ai gran regi, io ricordava come Dante avesse adombrato l'ufficio del Principe, parlando di Arrigo (Ep. V 3) il quale, come Cesare, avrebbe perdonato, come Augusto castigato (vindicabit). Il che si appartiene a giustizia. Ora io concludeva che quello che Dante desiderava in questi gran regi era precisamente il sentimento della giustizia e che, per loro vilissimi perchè 'non solamente colui è vile, cioè non gentile, che, disceso di buoni, è malvagio, ma eziandio è vilissimo (Conv. IV 7)' e perciò assomigliati a porci, la viltà si riduceva appunto a non aver dirizzato la volontà a essere quando come Cesare, quando come Augusto. E pensavo che il galeoto di Stige, il Caron che tragitta all'inferno inferiore, Flegias, ha tale ministero, perchè la sua grande voce grida per l'ombre dalle pagine dell'Eneida (VI 620): 'Discite iustitiam moniti et non temnere Divos'. Chè in Dite si punisce chi misconobbe la Giustizia, sia la communiter dicta, sia quella che si chiama Religio e Pietas, e fuori di Dite, nello Stige, come oltre Acheronte chi non usò la libertà del volere, quelli che, per le passioni del concupiscibile e dell'irascibile, non si risolsero alla ingiuria, ma non vollero la giustizia; sì che da una parte sono incontinenti, come quelli che al talento o all'appetito sommisero la ragione, da un'altra sono maliziosi, perchè o nel male quietarono o dal fine del male furono distolti solo dal timore. Furono in somma gli accidiosi del male.

XXX

Avevo veduto come Dante reputasse non solo vili, ma vilissimi i re malvagi o inetti. Il perchè egli assegna (Conv. IV 7) col paragone d'uno, che non avendo, per andare in alcun luogo, se non a seguire le vestigie lasciate da un altro, 'erra e tortisce per li pruni e per le ruine, ed alla parte dove dee, non va'. E conclude chiamando valente il primo che trovò la via, e non valente o vile, anzi vilissimo, l'altro che la via già trovata non seppe seguire. Donde ricavavo che l'opposto di accidia era per Dante, oltre nobiltà e fortezza, anche valore. Ma meglio ancora comprendeva perchè il Poeta indicasse, come tra gli accidiosi dell'Antinferno, 'l'ombra di colui Che fece per viltate il gran rifiuto', così tra quelli dell'Antidite i gran regi; poi che veramente e singolarmente accidioso è chi, dovendo per operare bene, fare uno sforzo minimo, vi si rifiuta; lasciando che il suo operare è sopra tutto utile, e il non operare, dannoso ad altrui, come dimostra Marco Lombardo; colui che amò il valore abbandonato dai degeneri del mondo d'allora; concludendo:

Ben puoi veder che la mala condotta

È la cagion che il mondo ha fatto reo.

E qui notavo che tale dimostrazione è fatta nello scaglione dell'ira e da un iracondo, per accennare che se è male andar di là dell'ira, è male, e per Dante peggio, restar di qua. Certo nulla al Poeta coceva più che l'ignavia dei re e degl'imperatori, e, in genere, il tralignare degli uomini. Mi venivano subito in mente due luoghi, uno nel Purgatorio, l'altro nel Paradiso, dove Dante parlava più particolarmente dei re del suo tempo. Sordello, il cui abbracciare aveva dato argomento alla digressione in cui è acerbamente punto Alberto Tedesco (Purg. VI 76 e segg.), mostra nella Valletta dei fiori i Principi che vi sedevano (Purg. VII 64 e segg.); e la sua dimostrazione si aggira sopra un punto cardinale:

Rade volte risurge per li rami

L'umana probitate.

Nella spera di Giove le anime luminose che avevano di sè formato prima le parole, Diligite iustitiam qui iudicatis terram, e poi la testa e il collo dell'aquila, cantano i dispregi dei re, de' quali il primo è Alberto, figlio di Ridolfo che è il primo mostrato da Sordello nel Purgatorio. E nel luogo del Purgatorio e in quello del Paradiso (25: 'Che mai valor non conobbe nè volle') si legge la parola valore, come propria dei re. Che concludevo da questi raffronti? Dal fatto che nel cielo di Giove, dalle anime di Principi amanti della Giustizia si condannano i Principi allora regnanti, concludevo che detti Principi non valenti, che non conobbero cioè nè vollero valore, spiacevano per la loro mancanza di giustizia e che per questo erano vili. Ma c'era altro. Io domandava: dove è la Valletta amena? e che significa ella? In tanto io sapeva che cosa era la mala striscia. Leggevo nel de Monarchia (I 13): notandum, quod iustitiae maxime contrariatur cupiditas, ut innuit Aristoteles in quinto ad Nicomachum. Remota cupiditate omnino nihil iustitiae restat adversum. E nell'Epistola ai Principi italiani leggevo ancora (V 4): nec seducat illudens cupiditas, more Sirenum, nescio qua dulcedine vigiliam rationis mortificans; E nell'Epistola ai Fiorentini (5): nec advertitis dominantem cupidinem... sanctissimis legibus, quae iustitiae naturalis imitatur imaginem, parere vetantem. Era la cupidità, dunque, e tralascio il molto che potrei soggiungere: quella cupidità che si mostra nel mal volere (Par. XV 3) e che è bene il nostro avversaro, il serpente antico che seduce. Poi che è ben la Cupidigia, che sotto sè affonda i mortali (Par. XXVII 121), come quella che fa iniqua la volontà; che è l'origine di tutti i peccati d'ingiustizia, e che, simboleggiata nella Valletta dall'antico serpente che ammalia, è altrove raffigurata in bestie fameliche, nel leone che ha la rabbiosa fame, nella lupa, che ha tutte brame, che dopo il pasto ha più fame che pria, che fu dall'invido Nemico scatenata nel mondo e perciò equivale al serpente. E di passaggio osservavo che la lupa significava avarizia più ristrettamente nel Purgatorio (XX 10 e segg.); ma nell'Inferno (I 49 e segg., 94 e segg.) tutto al più ad avarizia equivaleva nel senso di Agostino (De lib. arb. III 17): avaritia... non in solo argento vel in nummis, at in omnibus rebus quae immoderate cupiuntur intelligenda est, e nel senso di Tomaso (2ª 2ae CXVIII 2): nomen avaritiae ampliatum est ad omnem immoderatum appetitum habendi quamcumque rem... quod avaritia est non solum pecuniae, sed etiam altitudinis.... Il che ci porta a Lucifero e alla superbia e all'origine d'ogni peccato. Ma la Valletta dove dunque è sita? Chiaro che ella è nell'Antipurgatorio, nel quale indugiano, più o meno, quelli che indugiarono al fin li buon sospiri, quelli che furono peccatori infino all'ultim'ora. E consideravo, oltre l'andare delle anime trapassate in contumacia della Chiesa, che 'movieno i piè ver noi E non pareva, sì venivan lente', e il loro subito arrestarsi, lo stare delle altre anime, all'ombra dietro al sasso, 'Come l'uom per negghienza a star si pone', e specialmente l'atteggiamento e le parole di Belacqua che si mostrava più negligente 'Che se pigrizia fosse sua sirocchia', coi suoi atti pigri e le parole corte, tra le quali queste: 'Va su tu, che se' valente'. Vedevo inoltre, che come nel passaggio dello Stige Dante faceva prova di quella 'ira per zelum', che nell'uomo nobile o perfetto ha da essere, così nell'Antipurgatorio dava la riprova dello stesso concetto facendo parlare Nino

segnato dello stampo

Nel suo aspetto di quel dritto zelo

Che misuratamente in core avvampa.

Tutto diceva a me che con la necessità di stare fuor della porta del Purgatorio per il tempo che vissero, o per trenta volte il tempo della loro contumacia, si puniva in quelle anime un'accidia, o negligenza, o pigrizia; un'accidia analoga a quella che impediva il passaggio d'Acheronte agli sciaurati dell'Antinferno e il passaggio di Stige alle genti fangose dell'Antidite. Di questi accidiosi negligenti o pigri o meno valenti erano i gran regi della Valletta, non ostante che d'uno d'essi, Sordello, dica che 'D'ogni valor portò cinta la corda'. Ma perchè nella Valletta questi Principi? Il perchè tralasciavo di scrutare, sebbene mi paresse chiaro che questa valle fiorita era in relazione sì del brago, in cui dovevano essere tuffati altri, sì della Giovial facella, dove altri volitavano; ma correvo subito a un altro luogo di Dante, dove era il medesimo concetto di segregazione e d'onore, e dove Dante, come qui da un balzo, vedeva da un luogo aperto luminoso ed alto, nobili spiriti. La valle insomma dell'Antipurgatorio mi condusse al nobile castello del Limbo. E allora sentii come il ventare nuovo e interrotto della terra lontana, che volevo scoprire; e per molti segni capii che tra poco ella sarebbe stata in vista dell'ardito navigatore. E l'oscura Minerva mi dimostrò un lampeggiar di riso.

XXXI

Altri spiriti erano in Inferno, di cui avrei detto fossero puniti per accidia, sentendo uno di loro dire: 'Non per far, ma per non fare (Purg. VII 25)'. E questi sono in luogo

non tristo da martiri,

Ma di tenebre solo, ove i lamenti

Non suonan come guai, ma son sospiri;

sospiri di desiderio senza speranza (Inf. IV 42); 'di desiderio Ch'eternalmente è dato lor per lutto (Purg. III 42)'. Essi tardi conobbero l'alto sole e per un difetto (Inf. IV 40), non per una colpa, sono perduti, perchè essi non peccarono, sebbene i loro meriti non bastino, e tra loro, oltre parvoli innocenti, sono onrevol gente e spiriti magni (Inf. IV 72 e 119). Sono nel primo cerchio dell'abisso; prima di loro, separati dall'Acheronte, sopra loro, appena di un gradino, sono solo gli ignavi per cui inutile dono fu quello della libera volontà. Ora io pensavo che altro luogo era in inferno, dove Dante avrebbe trovato il primo di quelli che a ben far poser gl'ingegni, di quelli che egli tanto desiderava vedere: Farinata (Inf. IX e X). Anche d'essi peccatori poteva dirsi che erano in quelle arche non per altro rio che per non avere adorato o riconosciuto il Creatore e per aver fatta morta l'anima col corpo. E poi anche qui sonavano sospir dolenti, certo più intensi dei sospiri che nel Limbo facevano tremare l'aura eterna perchè quello era duol senza martiri e qui erano sì i martiri (IX 133, X 2) e rio il tormento e i lamenti duri (IX 111, 121). Nè il Poeta trascura qui, come non ha trascurato nel Limbo (IV 25) di notare l'oscurità del luogo; poi che Cavalcante chiama cieco il carcere, come Virgilio del Limbo dice che è tristo di tenebre. E dal Limbo i Poeti s'affacciano a luogo oscurissimo e tempestosissimo, come dal cimitero degli Epicurei vengono sopra più crudele stipa. Un tristo fiato è la novità che sentono qua, l'oscurità perfetta e i guai, quella che sentono là. Sono gli epicurei dentro Dite, sebbene agli spaldi, come i sospesi del Limbo dentro l'inferno, sebbene 'Nel primo cerchio che l'abisso cinge'. E Dite è nella valle, in un avvallamento della palude Stigia, quindi quasi allo stesso piano, come il Limbo è quasi allo stesso piano di Acheronte. E nella palude Stigia sono anime sdegnate da Dite, come oltre Acheronte sono altre anime sdegnate dall'Inferno quanto egli è: accidiosi gli uni e gli altri, sebbene in diverso modo, essendo respinti questi di qua dal cielo, di là dall'inferno, e quelli, di qua dall'inferno dell'incontinenza e di là da quello della malizia. Io vedevo queste corrispondenze e dicevo che una somiglianza era in verità tra i sepolti nelle arche e i sospesi nel Limbo. E notavo un'altra somiglianza, tra quelli di là d'Acheronte e quelli di qua; la quale consisteva in questo, che i sospesi erano tali in quanto avevano, per il primo peccato, perduto il libero arbitrio, almeno secondo la restrizione di Tomaso (1ª LXXXIII 2), non quantum ad libertatem naturalem, quae est a coactione, sed quantum ad libertatem, quae est a culpa et a miseria; e gli sciaurati, che mai non fur vivi, ne erano stati come privi, essendo vissuti come bestie, che libero arbitrio non hanno, e non come uomini o angeli. Che anzi considerando questi ultimi, meglio si giunge al concetto di Dante; poi che gli angeli nel primo istante in che furono creati in grazia, meritarono bensì, ma poi alcuni mortificarono subito il loro precedente merito (S. 1ª LXIII 5 e 6); e 'il loro libero arbitrio essendo inflessibile dopo l'elezione, se dopo il primo istante, in cui ebbe un naturale movimento al bene, non avesse posto impedimento alla sua beatitudine, sarebbe stato confermato nel bene'. Si tratta dunque d'un atto solo e istantaneo di libero arbitrio, nel quale "proruppero,, gli angeli, scegliendo quali il bene, quali il male. Ma Dante, non seguendo in questo i teologi, pone una terza schiera d'angeli che in atto di libero arbitrio non proruppero e non scelsero nè il bene nè il male: respingendo il dono che Dio loro faceva, del libero arbitrio. E così gli uomini che con loro sono punti da mosconi e da vespe. Or dunque in questo difetto di libero arbitrio assomigliano quelli del vestibolo infernale e quelli del primo cerchio; ma differiscono in quanto nei primi volontario fu il rifiuto dell'atto della volontà, e involontario nei secondi, non ostante che anch'essi potessero essere salvi credendo, come altri crederono, e si salvarono, in Cristo venturo. Ma in ciò è un mistero che per Dante resta mistero anche in Paradiso, come alcuni fossero predestinati e altri no; peraltro noi possiamo intendere come egli non giudichi al tutto involontaria la mancanza di fede e in quelli che vissero avanti il Cristianesimo e in quelli che morirono prima d'essere battezzati. E così possiamo renderci ragione del fatto che egli pone il Limbo dentro l'Inferno, al che del resto era invitato dalla dottrina dei teologi (S. suppl. LXIX 5). Adunque gli ignavi e i non battezzati assomigliano per una parte e per l'altra differiscono: in che, ora chiedevo, differiscono quelli delle arche e quelli del Limbo? poi che avevo veduto in che assomigliavano. E rispondevo che differivano i non credenti dai non battezzati, in ciò in cui i non battezzati differivano dai non mai vivi, nella volontà. Volontaria al tutto era stata la mancanza della fede negli uni; quasi involontaria negli altri; gli uni, anche dopo Cristo, non crederono; gli altri, benchè prima di Cristo, adorarono, sebbene non debitamente, Iddio; e tennero certe cristiane credenze, come quella dell'anima immortale. E i primi erano rei di malizia poi che erano puniti dentro Dite. Ma sebbene mala fosse adunque negli eresiarchi la volontà, pure, umanamente parlando, posero gl'ingegni a ben fare, e perciò non furono messi più sotto, come non ebbero luogo più sopra perchè la volontà era mala. In fine io pensavo che sola la vista della verità fa libero dritto sano l'arbitrio (Purg. XXVII 140) e che l'ignoranza è quella che l'offende e lo travia; e che si può dire che tutti i peccati che da ignoranza provengono, si possono ridurre ad accidia (S. 1ª 2ae LXXXIV 4). Accidiosi erano dunque, in certo modo, e quelli del Limbo e quelli delle arche. Perchè, come espressamente dice Dante (Purg. XVII 130), l'amore del bene può essere lento sì ad acquistarlo sì a vederlo. Accidiosi tutti quelli dell'Antinferno e quelli dell'Antidite, e, degli uni e degli altri, quelli di là del fiume e immersi nella palude pingue, accidiosi rispetto alla vita attiva; quelli di qua dall'Acheronte e lungo gli spaldi di Dite, accidiosi rispetto alla vita contemplativa o intellettuale. Or come della vita attiva la più alta virtù e che assomma le altre è la giustizia, che Dante (Conv. I 12) dice la più propria dell'uomo e perciò la più amabile, e dichiara ottimamente disposto il mondo (De Mon. I 13), cum iustitia in eo potissima est; così l'ingiustizia è il peggior male. Ma si può omettere la giustizia e fare l'ingiustizia; il che specialmente nei Principi, ministri di giustizia, è viltà o delitto. Ora nel brago dello Stige come tutti stanno per difetto nella vita attiva, così tutti ma specialmente i re sono puniti per non essere stati giusti, il che vale quanto essere stati ingiusti, sebbene ingiustizia non avessero commesso altra che questa, di non fare giustizia, ossia non essere stati quello che deve essere un re o più in generale l'uomo, drittamente attivo, ciò è giusto. E qui mi occorreva una nuova causa di meraviglia, vedendo non tutti i commentatori, che anzi sono pochissimi, avere accolta un'opinione di chi nel miro gurge del Poema Dantesco consunse la sua veduta. Questi aveva rettamente nel Messo del Cielo, che apriva con una verghetta le porte di Dite, veduto Enea, e ne aveva date ragioni ottime e chiarissime, che non sto a ripetere. Ma a me queste ragioni apparivano indubitabili, quando io consideravo che nessuno poteva essere scelto da Dante ad attraversare Stige, la palude della non attività o non giustizia o viltà o ignobilità o disordine nell'irascibile; dove avevano a essere immersi gran regi; meglio di chi da Dante stesso è preso a modello (Conv. IV 26) del buon cavalcatore che frena e sprona il concupiscibile e l'irascibile con la temperanza e la fortezza: con la prima avendo egli vinto di lasciare il piacere e la dilettazione di Didone; con la seconda essendo riuscito solo con Sibilla a entrare nello Inferno; meglio di chi da Dante (De Mon. II 3) è dichiarato esempio della nobiltà, sì propria, sì avita, con ricordo di versi Virgiliani, tra i quali: Rex erat Aeneas nobis, quo iustior alter Nec pietate fuit nec bello maior et armis (Aen. I 544 e seg.). Il Messo del cielo era veramente Enea, e passava Stige con le piante asciutte, come i Poeti nel Limbo passano il bel fiumicello come terra dura, chè se il rio che segrega dal volgo il nobile castello della sapienza, non è difesa contro i sapienti, la palude dell'ignobilità non può ritardare e affondare chi è supremamente nobile.

XXXII

Il Poeta ha il sole in fronte: è tornato a libertà. Avanti lui è una foresta tutta odore, tepore, gorgheggi. Otto giorni prima vedeva pure il sole su un colle. Allora un'altra selva era dietro lui. L'una era la selva oscura, poco meno amara che morte; l'altra è la divina foresta spessa e viva: l'una il vizio e l'ignoranza, l'altra l'innocenza e la luce. Dante è ora nello stato dell'anima prima avanti il peccato. La ragione illumina la volontà, e questa cavalca agevolmente, come franco cavaliere, il docile appetito sensitivo. Può così scegliere la sua via. Ma non poteva in quell'altro mattino già così lontano; chè prima la lonza, fiera alla gaietta pelle, poi un leone 'Con la test'alta e con rabbiosa fame', e una lupa, 'che di tutte brame Sembiava carca nella sua magrezza', lo costrinsero a tenere altro viaggio. In quest'altro viaggio Dante contemplò gli effetti di tre disposizioni che il ciel non vuole: incontinenza, bestialità e malizia. Probabile mi pareva che le tre fiere simboleggiassero appunto queste tre disposizioni; la lonza l'incontinenza, il leone (Boezio scrive nel IV: 'Lo stemperato d'ira fremisce? animo di leone aver si creda') la bestialità o violenza o ira; la lupa, che s'ammoglia a molti animali e dall'invidia di Lucifero fu scatenata nel mondo, la malizia propria dell'uomo o frode, cui aveva veduto germinare in tante specie di peccati e che fu il primo peccato del primo Angelo e del primo Uomo. Duplice era in verità la malizia, così come Dante interpretava Aristotele: malizia con forza e malizia con frode; bestialità matta e malizia propriamente detta: così che a piè del colle con due figure veniva incontro a Dante. Ma triplice era, teologicamente dividendola; malizia con forza o violenza o ira, malizia con frode in chi non si fida o invidia, malizia, con frode necessariamente congiunta a sè, in chi si fida, o superbia. E la malizia, così triplice, era forse simboleggiata su l'alta torre di Dite nelle tre furie infernali di sangue tinte. Delle quali Aletto (Si tibi bacchatur mens, tunc Alecto vocatur: dice uno dei versi citati da Pietro di Dante), che piange (si ricordi: 'E piange là dove esser dee giocondo', detto dei violenti o iracondi con ingiuria consumata in Inf. XI 45), è certamente la violenza o ira, e Tesifone nel mezzo sarà il tradimento o superbia, e Megera la frode o invidia. Ora queste tre Furie impietrano l'uomo col Gorgon, come le due Fiere che in due comprendono quelle tre e sono tra loro due simili nella 'fame', cioè nella cupidità, hanno un consimile effetto, a differenza della lonza, che fa sì volgere per tornare a quando a quando, ma non toglie la speranza di andare e vincere l'ostacolo: il leone dà 'paura', la lupa porge 'tanto di gravezza Con la paura che uscia di sua vista', che il Poeta perde la speranza. E ciò mi faceva credere che veramente le due Fiere equivalessero alle tre Furie, e che Fiere e Furie simboleggiassero quello che ho detto e che quello che è Gorgon nelle Furie, fosse nelle Fiere la 'paura'. Or dunque Dante o, meglio, l'Uomo non è libero; e torna addietro nella selva dell'ignoranza e del vizio, ciò della servitù. Come è lontana l'altra foresta, quella della libertà! lontana e opposta. La Ragione si fa a lui sentire, fiocamente sulle prime, si rivela per quel che è, gli propone l'altro viaggio. E l'Uomo la segue, ma dubita: onde la Ragione gli rivela che ella è consigliata dalla Fede o scienza divina, e questa fu richiesta da Lucia e questa da Maria. Allora l'uomo si appaga. Deve dunque visitare, per riacquistare la libertà del suo volere, il regno dei morti. Entra nell'inferno e nel vestibolo trova quelli per cui fu dono vano tale libertà, poi nel primo cerchio, oltre Acheronte, quelli cui tale libertà fu tolta dal peccato primo e non restituita dalla fede in Cristo venuto o venturo. Scende al secondo, al terzo, al quarto cerchio, dove sono quelli in cui il volere fu sommesso all'appetito sensitivo, anzi a quella sua parte che si dice il concupiscibile: lussuriosi, golosi, avari e prodighi. Poi si trova in un quinto ripiano, in una gora che si profonda, nel cui mezzo è la città di Dite, il vero Inferno. Nei fossati e nel pantano intorno alla città rissano e gorgogliano quelli il cui volere fu bensì rivolto al male, per soverchio d'irascibile, ma non lo fece, e quelli il cui volere, per difetto d'irascibile, non rintuzzò il male e vi si quetò tristamente. Di là dalle mura di Dite, sospirano duramente dentro tombe, quelli che per mal volere respinsero la fede che rende la libertà. Dentro Dite, a mano a mano più giù, sono puniti quelli il cui volere si volse al male e lo fece: prima quelli che lo fecero senza concorso di ragione, ma con la sola volontà soggiogata dall'appetito; e lo fecero al Prossimo, a sè stessi, a Dio in sè e nella Natura e nell'Arte; poi quelli che lo commisero contro gli uomini col concorso della ragione insieme alla volontà e all'appetito; infine quelli che lo commisero, col concorso detto, contro Dio e chi di Dio più tiene. Dentro Dite è dunque l'ingiustizia, o l'offesa alla Giustizia, la quale avendo due parti più alte e sacre, la Religione e la Pietà, anche l'ingiustizia che le offende, più propriamente si avrebbe a chiamare empietà e irreligione. All'orlo di Dite, dentro e fuori, è la nongiustizia, per così dire: sono ciò è quelli che operarono bene, ma misconobbero Dio, quelli che non operarono male, ma misconobbero la giustizia. Sopra loro sono quelli che trovarono il loro bene nell'appagamento dei sensi. All'orlo dell'inferno, di qua e di là d'Acheronte, sono quelli che operarono bene ma non conobbero Dio vero, quelli che non operarono male, ma non operarono nemmeno bene, non avendo scelto tra bene e male. Tutti sono aversi da Dio. La Ragione, illuminata dalla Filosofia, spiega all'uomo questo ordine di peccati e di punizioni, e dice, poi che Aristotele stabilì tre disposizioni cattive, l'incontinenza, la bestialità, la malizia; che incontinenza è quella punita nei cerchi secondo, terzo, quarto e parte del quinto, e Malizia e Bestialità nell'altra parte del quinto, ossia nel sesto, e nel settimo, ottavo e nono. E più indugiandosi sulle colpe di questi gironi dichiara che la malizia (di bestialità non parla ancora) ha per fine l'ingiuria, che è quanto dire che ella è una cosa con l'ingiustizia, e questo fine adempie o con la forza, e allora si chiama Violenza, o con la frode in chi non si fida o con la frode in chi si fida: distinzione, in parte, di Tullio. Nella frode è l'intelletto, che non è nella violenza, onde questa è poi Aristotelicamente chiamata matta bestialità. La frode in chi non si fida rompe solo i vincoli che ci uniscono agli altri uomini, offende l'Humanitas, come dice Tullio; quella in chi si fida, rompe anche quelli più stretti e più sacri che sono in custodia della Pietas, secondo Tullio, o della Pietas, e Religio, secondo i teologi, che sdoppiarono la parola unica che comprendeva le due idee. Questa la esposizione filosofica o Aristotelica. L'Uomo però ha appreso sicuramente il proprio nome degli speciali peccati puniti nei cerchi secondo, terzo e quarto, e un poco oscuramente e confusamente ha sentito accennare quello della colpa punita nel quinto; con le parole peccator carnali, vizio di lussuria, colpa della gola, nullo spendio con misura, avarizia, mal dare e mal tenere, l'anime di color cui vinse l'ira, tristi... portando dentro accidioso fummo: peccati questi, con più l'eresia, che l'Uomo aveva già veduti quando la Ragione dichiara a lui il sistema delle pene nell'inferno.

XXXIII

E il Poeta è fermo sull'ingresso del quarto scaglione del purgatorio, quando domanda e ottiene una nuova dichiarazione sugli speciali Peccati che si purgano nel girone che è avanti lui e negli altri tre che sono sopra lui. Che cosa ha veduto sin allora? Ha veduto anime tutte converse a Dio, su per il monte che è sotto l'emisferio contrapposto a quello che si inarca sulla terra e sul centro di essa che è Gerusalemme. Ma prima d'entrare la porta del Purgatorio egli vide andar lentamente o sedersi stanche anime che si conversero bensì a Dio, ma tardivamente, per difetto nella Volontà. Queste anime sono di quattro ragioni: di scomunicati, di altri che indugiarono il pentimento al punto di morte, di altri a cui il pentimento fu in certo modo estorto dalla morte violenta, di altri, che sono re e principi, che hanno negletto ciò che dovevano fare (Purg. VII 92). Tutti sono negligenti, quanto a dire accidiosi in certo modo; e possono ridursi a due specie: dei negligenti che avevano, se non perduto, almeno smarrito l'eterno amore per maledizione ecclesiastica, e, segregati dalla comunione dei fedeli, erano stati posti nella condizione degli infedeli; e questi corrispondono sì ai sospesi nel Limbo che hanno perduto il cielo per non aver fè; salvo che i primi potevano e vollero tornare a Dio, e i secondi meno potevano e meno vollero riconoscer la fede; e sì agli eresiarchi che potevano e non vollero; e dei negligenti che, pur non essendo in istato d'infedeltà, vissero aversi e si conversero solo all'ultimo; e questi corrispondono come agli ignavi dell'Antinferno così agli altri accidiosi dello Stige, che vissero e morirono aversi, pur non avendo fatta ingiuria propria. Come tra questi staranno, quali porci in brago, gran regi, perchè in loro il valore è maggior dovere e più facile ad essi e più utile agli altri, così tra questi negligenti stanno in una Valletta amena imperatori, re e principi, puniti per qualche loro negligenza, che non grave in sè come quella degli altri aspettanti, è pure con simile indugio punita, perchè di tali che meno la dovevano avere. E la Valletta amena corrisponde tuttavia al nobile Castello, in quanto qui e lì sono segregati nobili e magni spiriti, cui acquisti grazia nel cielo l'onrata nominanza che hanno nella terra (Inf. IV 76 e segg.). E sebbene la corrispondenza non sembri così esatta, da fare che le quattro specie di accidiosi dell'Antinferno e Antidite siano richiamate dalle quattro sorte di negligenti dell'Antipurgatorio, pure si vede in Dante lo studio d'una simmetria esterna, suddividendo in quattro queste sorte che sarebbero veramente due. Ma egli volle che la corrispondenza fosse doppia: di Antipurgatorio con Antinferno e Antidite, come è ragionevole avesse a essere, essendo l'Antipurgatorio di aversi per tutta la vita, conversi solo all'ultimo (salvo forse i principi, la cui negligenza fu d'altra parte più grave); e di Antipurgatorio con Antinferno e Limbo soltanto, nella quale corrispondenza la Valletta richiama il Castello; e del quarto girone del purgatorio col quinto e sesto cerchio dell'Inferno. Dante salì per li tre gradi, sull'ultimo dei quali stava l'Angelo, ed entra coi sette P in fronte nella porta serrata, a cui indietro volgersi non deve chi a Dio si converse, ed è, d'allora soltanto, da lui ricevuto in penitenza. Sale faticosamente di cornice in cornice (poi che solo quando avrà purgate le sue colpe, il suo volere sarà libero e i piedi non sentiranno più fatica: Purg. XII 124), e vede pagare il fio prima la superbia, così più volte nominata e qualificata già disio dell'eccellenza (XI 86); poi la colpa dell'invidia, per la quale si è più lieti degli altrui danni che di ventura sua (XIII 110); per la quale si appuntano i desiri dove per compagnia parte si scema (XV 50); poi il foco d'ira o l'iracondia, che dagli esempi e di virtù contraria e di colpa punita, riesce chiaramente un desiderio di vendetta. Notevole anzi che i tre esempi di colpa punita, sono un'empiezza di madre che uccide il suo pargolo, una non riuscita vendetta d'uomo contro uomo, e un suicidio. Appena il Poeta ha visitate queste tre cornici ed è salito alla quarta, sente dalla Ragione dichiarare che ciò che ha veduto piangere di sotto, è il triforme amor del male; del mal del Prossimo; del Prossimo, non di Dio, non di sè, chè non si può odiar Dio, se si vede secundum seipsum o per essentiam (S. 2ª 2ae XXXIV 1), nè sè medesimi, se il bene che uno vuole a sè è bene, e non male appreso come bene, e se uno ama sè per quello che è principalmente, e non per quello che stima di principalmente essere, secundum naturam corporalem et sensitivam (S. 1ª 2ae XXIX 4). Si parla dunque, a questo punto del Purgatorio, dell'Uomo che sia quello che veramente ha da essere: converso al bene ciò è a Dio, che convertit omnia ad seipsum; ma solo in quantum est essendi principium, per essentiam, per seipsum, non per certi suoi effetti: che allora l'Uomo può odiarlo; e l'odio est aversio quaedam (S. 2ª 2ae XXXIV 1). L'odio di Dio e di sè è dunque là nel baratro contrapposto, non quassù per il santo monte. Quassù si sconta l'amore del male del Prossimo appreso come un bene: colpa dell'errante Amore. E il male del Prossimo si amò dai peccatori mediatamente: che immediatamente essi amarono l'eccellenza, il podere, grazia, onore e fama, la vendetta o il soddisfacimento della loro ira; ma per aggiungere questi fini, bramarono la soppressione e il male, in somma, del Prossimo. Se il Prossimo l'avessero veramente soppresso e in qualunque modo ingiuriato, sarebbero i peccatori nelle tre cornici del purgatorio? Dante deve credere di no, perchè essi allora sarebbero rei di malizia, di cui ingiuria è il fine, per il quale, o raggiunto con forza o con frode, essi sarebbero aversi da Dio, nell'inferno. E quando se ne fossero pentiti? Ecco: per certe colpe, non avrebbero già fatto a tempo; se avessero soppresso il benefattore o l'ospite; e poi, per Dante, certi peccati portano un accecamento e indurimento (excaecatio et obduratio... animi humani inhaerentis malo et aversi a divino lumine: S. 1ª 2ae LXXIX 3), simboleggiato nel Gorgon che è in mano alle tre Furie, che rende se non impossibile il pentimento, almeno così tardivo da costringere i pentiti a lungo indugio nell'Antipurgatorio. E solo l'avessero bramato, questo male, e non fatto, non avevano perciò bisogno di volgersi a Dio col pentimento per essere ammessi al Purgatorio? Avevano: altrimenti, conversi come sarebbero stati a un bene secondo loro, che non solo non è il vero bene ma il male secondo verità, sarebbero stati pur sempre aversi da Dio; e avrebbero avuto luogo tra quelli cui vinse l'ira e quietarono nel male. L'Uomo adunque, giunto alla quarta cornice, apprende che i superbi, gl'invidi e gl'iracondi dei tre primi gironi del Purgatorio, amarono il mal del Prossimo, e comprende subito che quelli dei tre ultimi cerchi dell'Inferno, che il male fecero, nè al Prossimo solo, sono iracondi, invidi e superbi. Nel Purgatorio sono a mano a mano qualificati con detti nomi, e solo dopo lasciati, nel girone dell'accidia, all'ingresso, dichiarati con un ragionamento filosofico Tomistico; nell'inferno sono dichiarati con un ragionamento filosofico Aristotelico, prima di essere visitati, all'uscire dal ripiano dell'accidia. Quindi l'Uomo sente la definizione di detta accidia che è lentezza dell'Amore in vedere o acquistare il bene che è vero bene; nella quale definizione è compresa l'accidia sì della vita pratica e sì della vita intellettuale. E comprende che questa accidia è di conversi a Dio, chè quella di aversi non può consistere che in un odio, ciò è aversione, scemo però di effetto, o lento, se si vuole, di questo medesimo bene. E visita sì questa cornice, sì le altre tre, nelle quali si espiano le colpe di avarizia e suo contrario, di gola e di lussuria, che la Ragione a lui non nomina per loro proprio nome, ma dichiara come amore che si abbandona troppo a un bene che non è il vero bene, quasi pensando che il suo discepolo questi nomi li sa già dall'Inferno. E giunge alla foresta viva. Da selva a foresta: dall'impedimento del vizio alla libertà, dalle tenebre alla luce.

Sopra lui è il Paradiso, al quale solo guardando negli occhi a Beatrice, ciò è alla Scienza Divina, ascende dopo essere stato immerso nei fiumi di Letè ed Eunoè. Vede prima il cielo della Luna, un pianeta con macchie, i cui santi appaiono come a traverso vetri tersi o acque nitide, un poco appannati; poi il cielo di Mercurio, spera che si vela a' mortai con gli altrui raggi, nel quale i beati traspaiono come pesci in peschiera tranquilla e pura. Difettiva era stata la virtù sì di quelli e sì di questi. Quelli avevano fatto olocausto della loro volontà a Dio; poi la loro volontà era stata forzata. Ma la volontà, se non vuol, non s'ammorza, e in questo dunque patì difetto la loro virtù. Così, per un mistero, anche la mancanza di fede e perciò di libero arbitrio nei non credenti del Limbo, non era stata del tutto involontaria. Chiara è di questi beati preganti la corrispondenza con quei dannati sospirosi. Quelli la volontà loro avevano, per il peccato originale, decisa da Dio; questi a Dio l'avevano unita per il voto. Quella a Dio non si congiunse, questa in Dio non si fermò: nè per loro colpa: in vero nè sono veramente quelli compresi nell'Inferno delle pene, nè questi esclusi dal Paradiso dei premi; e tuttavia per loro difetto, così che quelli sono dell'inferno nel primo cerchio e questi del cielo nella sfera più tarda. E corrispondono pure in qualche modo questi beati con gl'ignavi d'oltre Acheronte: nel fatto che gli uni e gli altri annullarono la loro volontà, ma gli uni in sè e gli altri in Dio. Nel secondo regno sono spiriti, attivi bensì ma perchè onore e fama gli succeda. Quindi la loro attività ebbe meno meriti, perchè i loro desiri deviarono da Dio. In quale spera avrebbe avuto il suo premio Farinata, che a ben far pose l'ingegno, se non avesse misconosciuto Dio? In quale i rissosi dello Stige, che non furono attivi, ma erano pure spinti, sebbene in vano, dall'irascibile che ha di mira l'arduo? In questa; la quale perciò corrisponde all'altro ripiano della accidia aversa o infernale. Il pianeta macchiato e la stella velata sono come un Antiparadiso, corrispondente all'Antinferno e all'Antidite. Corrisponde esso all'Antipurgatorio? Chiaramente: poi che in questo indugiano quelli la cui volontà fu tarda nel volgersi a Dio e i disiri più disviarono dal vero amore. E così può tenersi per certo, che purgati dai sette P, i principi della Valletta nella spera velata luceranno un giorno, con Giustiniano e Romeo. E l'Uomo sale al cielo di Venere, dove sono i pien d'amore, cui l'influsso di quella stella avrebbe potuto trarre in mezzo alla bufera infernale o al fuoco del Purgatorio. E in questo cielo è notevole come Carlo Martello ricordi Francesca, e il parlare di quello ('E sem sì pien d'amor che, per piacerti, Non fia men dolce un poco di quiete') richiami il parlare di questa ('Di quel che udire e che parlar ti piace, Noi udiremo e parleremo a vui Mentre che il vento, come fa, si tace'), e la voce di grande affetto impressa faccia ripensare all'affettuoso grido; e il muoversi in giro delle anime amanti e tutto in somma riproduca la rapina delle ombre dipartite da nostra vita per via d'amore.

Ascende l'uomo nella spera del Sole, dove sono i santi dottori, quelli che amarono la verace manna (Par. XII 84), che ben s'impinguarono (cfr. XI 139), che si nutrirono della vera vivanda, di cui il gregge umano deve nutrirsi (cfr. XI 124); e che nel sole si trovano, perchè, come lo Ministro maggior della Natura (X 28) fa che avvengano le generazioni nelle cose inferiori, e senza esso sarebbe morta nella terra quasi ogni potenza (X 18), così il Sol degli angeli dà il solo nutrimento vitale all'anima e sempre la sazia (cfr. X 50). Quanto diversi da questi dotti, nutriti di luce e di verità, quelli, laggiù laggiù, che sotto la pioggia eterna, maledetta, fredda e greve urlano come cani! come opposto quell'aer tenebroso alla spera del sole! E laggiù Dante sente parlare della risurrezione della carne, come se quel cerchio dove urlano tali che furono solo corpo, anzi carne da impinguare col cibo, fosse opportuno luogo a parlarne:

Ciascun ritroverà la trista tomba,

Ripiglierà sua carne e sua figura,

Udirà quel che in eterno rimbomba.

E quassù, tra i famelici di manna spirituale, tra quelli che furono in certo modo solo anima, anzi intelletto da nutrire con la scienza divina, sente parlare dello stesso mistero (Par. XIV): e come nell'Inferno così nel Paradiso si solve lo stesso nodo, che, ripigliata la carne, i beati avranno più gaudio e più dolore i dannati:

Tutto che questa gente maledetta

In vera perfezion giammai non vada,

Di là, più che di qua, essere aspetta.

Così nell'Inferno; e nel Paradiso:

Come la carne gloriosa e santa

Fia rivestita, la nostra persona

Più grata fia per esser tutta quanta,

con quel che segue e precede. Nè forse è vano il cenno ad Eva:

la bella guancia,

Il cui palato a tutto il mondo costa;

per richiamare la pianta che nel cerchio dei golosi nel purgatorio tanti prieghi e lagrime rifiuta:

Legno è più su, che fu morso da Eva,

E questa pianta si levò da esso.

Il che mostra come potesse rampollare l'idea di opporre la scienza divina al vizio della gola; rampollare dal primo drama del paradiso deliziano; poi che quel legno era buono a mangiare e bello agli occhi e all'aspetto dilettevole; e il Tentatore aveva detto a Eva: 'in qualunque dì ne mangerete, si apriranno gli occhi vostri e sarete come Iddii, sapendo il bene e il male (Gen. III)'. L'Uomo sale ancora, e si trova nel cielo di Marte, dove gioiscono i guerrieri della Fede, i liberali del loro sangue: dove appena giunto, l'uomo fa olocausto a Dio, ossia sacrifizio di tutto sè. I lumi cantano una melode santa: Risurgi e vinci. Il Poeta esclama:

Ben è che senza termine si doglia

Chi, per amor di cosa che non duri

Eternalmente, quell'amor si spoglia!

Certo egli ricorda quell'anima espiante, che dice contrita:

Vidi che lì non si quetava il core;

quell'anima che con le altre, che furono avare, giace a terra supina e distesa, aderendo al pavimento, sì come il loro occhio non si volse in alto, fisso come era alle cose terrene, alle cose che non durano. E sono immobili e legate, quell'anime, come queste del paradiso sono supremamente mobili per la figurata croce, segno del sacrificio supremo:

Di corno in corno e tra la cima e il basso

.... scintillando forte

Nel congiungersi insieme e nel trapasso.

Nè vane sono le parole di Cacciaguida, sì quando descrive il riposato vivere di Fiorenza dentro della cerchia antica, senza lusso, senza smisurato spendio, sì quando parla di Can della Scala, che, impresso nascendo dalla forte stella di Marte, mostrerà i primi segni di tale influsso in non curar d'argento e farà tali magnificenze da vincere l'invido silenzio dei nemici. E l'Uomo è in Giove, nella spera della giustizia, nel cielo dei giusti re; i quali fanno ricordare i gran regi che hanno a essere tuffati nel brago di Stige e sì con loro parole li ricordano. Rilucono colassù nell'occhio dell'Aquila due spiriti, Traiano e Rifeo, che furono cristiani sotto apparenza di gentili, e la loro presenza è un rimprovero a quei cristiani che per non essere giusti o per non aver fede resero a sè inutile il sacrificio della Croce. E questo, delle spere di Venere, del Sole, di Marte e di Giove, è come un paradiso medio, assegnato alle virtù, per cui esercitare l'uso della nostra nobilissima parte che è l'animo, patisce 'mistura alcuna' dell'appetito, che non ha luogo nell'uso più pieno di beatitudine, che è lo speculativo (cfr. Conv. IV 22). Parrebbe dunque cessasse a questo punto la corrispondenza delle virtù premiate coi vizi puniti o purgati, e nel cielo della giustizia fosse il contrapposto a tutti i peccati d'ingiustizia; e così cessa e così è. Pure, formalmente, la corrispondenza continua. Contrapposto al cerchietto e alla cornice della violenza e dell'ira, è certo il cielo di Saturno; di Saturno, il re mite della pace; splendore,

Che sotto il petto del Leone ardente

Raggia mo misto giù del suo valore,

il che è forse notato a significare che può da questo pianeta, secondo sua congiunzione, scendere influsso di foco d'ira. A ogni modo Saturno è l'astro degli uomini rustici e pacifici, non che dei contemplanti. E contrapposto a Malebolge e alla cornice dell'invidia sembra il regno dei Gemini, dal quale riconosce Dante il suo ingegno, Dante che pure nel Purgatorio (XIII 133) professa d'aver poco offeso Dio con l'invidia. Da quella spera delle stelle fisse volgendosi Dante con gli eterni Gemelli abbassa gli occhi e vede

L'aiuola che ci fa tanto feroci,

e nella cornice dell'invidia sentì dire a Virgilio:

Chiamavi il cielo e intorno vi si gira,

Mostrandovi le sue bellezze eterne,

E l'occhio vostro pure a terra mira.

E al centro della fossa è contrapposto il primo Mobile, da cui comincia il moto che là quieta. E quivi Beatrice pronunzia l'anatema contro la cupidigia che è causa di corrompersi al volere umano, sì che la Fede e l'Innocenza non si trovano più che nei parvoli in cui l'appetito non muove ancora guerra alla ragione e alla volontà; e quivi la medesima, ragionando della creazione degli angeli e dell'universo, dichiara:

Principio del cader fu il maledetto

Superbir di colui, che tu vedesti

Da tutti i pesi del mondo costretto.

In fine è l'Empireo e nell'Empireo è Dio uno e trino: per cui contemplare bisogna essere sciolti da ogni nube di mortalità e per questo bisogna rivolgersi a Maria

Umile ed alta più che creatura.

Il disegno di Dante io già lo vedeva. I contorni della visione mi erano chiari.

XXXVI

Del Poema di Dante io posso dunque ora dire di conoscere un punto che era poco o mal conosciuto: la costruzione morale. Il soggetto ne è l'Uomo, secondo che bene o mal meritando è esposto al premio o alla pena. Ma non può meritare bene o male se non chi libera ha la volontà; sì che il Poema può dirsi il drama della volontà umana e della divina giustizia. Questa è imperscrutabile (Par. XIX), libera è quella (Par. V 19 e passim), sempre e a ogni modo. Nè gl'influssi celesti hanno tanto potere da annullare o menomare la libertà di questa e perciò la ragione di quella: la mente soggiace solo a Dio e in essa la volontà ha suo lume; tanto più che in terra da Dio fu destinata agli uomini la condotta o guida de' due Soli per mostrare le due strade, del mondo e di Dio (Purg. XVI). Libero creò Dio l'Uomo, come libero aveva prima creato l'Angelo. Gli Angeli furono creati col mondo, e tosto creati fecero atto di elezione tra il bene e il male, e al bene e al male, una volta eletto, aderirono poi con piena e ferma volontate (Par. XXIX). Tra essi alcuni non elessero tra il bene e il male e non profittarono del dono più grande che Dio potesse fare, e 'non furon ribelli Nè fur fedeli a Dio, ma per sè foro'. Gli Angeli fedeli cominciarono subito la loro arte di aggirarsi intorno al loro Creatore, e gl'infedeli e i neutri, nell'atto stesso d'inalzarsi sopra Dio, furono travolti in giù. Nel momento stesso che i cieli presero a muoversi, si apriva il baratro dell'Inferno a ricevere Lucifero e i suoi compagni e sorgeva il monte del Purgatorio (Inf. XXXIV 121 e segg.). Libero fu creato l'Uomo e posto in cima di questo monte, nel paradiso terrestre. Ora anch'egli poco dopo la sua creazione, dopo sette ore, potè fare atto di elezione, e, sedotto dall'Angelo malo, elesse il male (Par. XXVI 139). Così l'uomo imparò la morte, e nell'atto stesso di elevarsi sopra Dio fu reietto e popolò di sè vivo la Terra e di sè morto l'Inferno. Senza voci di abitatori, nell'emisperio australe usciva alta dalle acque la montagna, sulla cui cima verdeggiava la foresta della vita e dell'innocenza. Non più libera era la volontà dell'Uomo; pure non era, come quella degli Angeli rei, ferma immobilmente al male: chè Dio voleva redimere l'Uomo incarnandosi e versando il suo sangue per lui, e chi già aveva fede in questa misteriosa promessa, attendeva, nell'Inferno bensì ma in luogo secreto, nel primo cerchio di esso, che quella si adempiesse ed egli si potesse ricongiungere a Dio. E la promessa si adempiè e in un monte opposto e contrario alla montagna deserta penzolò a un legno l'Uomo-Dio; e le porte d'Inferno furono rotte e si popolarono le spere del Cielo. Da allora la volontà umana, che anche prima non era stata del tutto decisa da Dio perchè poteva a lui rivolgersi con la fede in Cristo venturo, tornò, dopo il battesimo e con la fede in Cristo venuto, al tutto libera; e ognuno potè bene o male meritare. E l'Inferno continuò ad accogliere quanti a Dio volgevano il tergo, e il Cielo quanti a Dio volgevano la faccia; e la montagna del Purgatorio vide salire per li scaglioni suoi quanti a Dio si convertivano dopo essere stati volti o al male, o al bene che non è vero bene. Ora Dante volle descrivere questo triplice regno dei morti. Gliene parlavano la Filosofia e la Teologia. Egli volle mostrare che non si contradicevano, pur che la seconda movesse la prima e questa si dirizzasse a quella. Il Poeta, dall'una e dall'altra e ora dall'una ora dall'altra, sapeva che i cieli erano nove con decimo l'Empireo che è pura luce; che il male che l'Uomo può fare si riduce a sette peccati capitali; che tre sono le disposizioni che il cielo non vuole. Egli pensò che le tre disposizioni Aristoteliche dovevano comprendere i sette peccati Gregoriani. Egli disegnò i regni dove erano puniti con pena eterna o temporale i sette peccati, in modo che essi tra loro rispondessero a parte a parte e rispondessero a parte a parte con le nove spere del Cielo.

XXXVII

Dante adunque pensò:

Le tre disposizioni mostrate dal Filosofo sono incontinenza, bestialità e malizia. Incontinenza è sottomettere la ragione all'appetito. L'appetito ha due parti: il concupiscibile e l'irascibile. Vi è dunque incontinenza di concupiscibile e d'irascibile. Non frenare il concupiscibile è detto peccato di lussuria e gola; e, da molti se non da tutti, di avarizia. Ma incontinenza di irascibile che cosa è? ira? L'ira, dicono i Teologi (S. 2ª 2ae LXXIII 2), si conviene con quei peccati che mirano al male del prossimo; dunque è peccato di malizia. Invero malizia è fare ingiuria, ciò è peccare contro la giustizia; e ingiuria, come si legge in Tullio, in due modi si può commettere: con la forza e con la frode. Ira dunque sarà l'ingiuria fatta con la forza. Ma alla giustizia, si legge pure (cfr. Moralium dogma in Sundby, Brunetto Latini, pp. 401 e 426), si oppone come la Truculentia che si divide in Vis e Fraus, così la Negligentia, e la Negligentia vale non propulsare iniuriam. Questa negligentia a quale dei sette peccati assomiglia più che all'accidia? Nel fatto l'accidia è Tristitia quaedam; e, dice il Dottore (1ª 2ae XLVI 1), quando molto alta fu la persona che recò ingiuria, non ne segue Ira ma Tristitia. Ora questi tristi, questi negligenti, questi accidiosi sarebbero forse incontinenti di irascibile? Tutto al contrario: perchè l'irascibile ci è dato per superare e vincere ciò che può portarci nocumento; e questi tali, non che averne soverchio, ciò è esserne incontinenti, di irascibile ne hanno poco o punto. Ma, per tornare indietro, se rettamente incontinenti nell'amore delle ricchezze, concepite come un bene corporale, sono gli avari, si potranno chiamare incontinenti con altrettanto diritto i prodighi? Non sembra: eppure i prodighi hanno a essere puniti nell'Inferno e nel Purgatorio nello stesso luogo che gli avari. Ora coi tristi che dissi, quali peccatori si convengono nello stesso modo che i prodighi con gli avari? Chiaro, che gl'incontinenti di irascibile, ossia quelli che non seppero frenare questa parte del loro appetito sensitivo; e come incontinenti sono considerati i mali spenditori, sì avari e sì prodighi, così incontinenti si devono considerare i disordinati nell'irascibile, sì quelli che ne ebbero troppo e sì quelli che ne ebbero troppo poco. Ma tristi sono, ciò è negligenti e accidiosi questi: a qual diritto si potranno chiamare accidiosi anche quelli? A questo: ingiuria non fecero, perchè così sarebbero rei di malizia. Non furono dunque maliziosi. Furono essi buoni? No; perchè furono incontinenti. Dunque non furono nè buoni nè cattivi, appunto come gli accidiosi; perchè l'accidia è taedium operandi. Ma se proprio non avessero fatto nè il bene nè il male, vano al tutto sarebbe stato per loro il dono divino della libertà, ed essi sarebbero stati simili agli Angeli che non furono nè ribelli nè fedeli. E di sì fatti il mondo ha gran numero, che si può dire che non siano vivi. Ora di questi non si può dire che offendano la giustizia, mentre di quelli che sono incontinenti d'irascibile si può dire, poi che ingiuria non fecero bensì ma vollero fare, o l'ingiuria non respinsero chiudendosi nell'ignava Tristitia. Vi è dunque accidia di chi non elegge tra bene e male, e di chi elesse o il bene o il male, ma non lo fece per viltà o per tedio di operare. Ma è solo tedio di operare l'accidia? No, chè oltre quella la quale si può definire un lento amore a conseguire il sommo Bene, vi è l'altra che si può chiamare un lento amore a vederlo: quella a cui si riduce tutta ignoranza. Accidiosi dunque sono quelli che non conobbero o misconobbero Dio: Virgilio, per esempio, e Farinata. Nello stesso grado? No: chè, sebbene non involontaria sia al tutto (e come Dio solo sa) l'ignoranza sì d'un antico spirito magno, sì d'un parvolo innocente morto avanti il battesimo; maliziosa, oltre che volontaria, è quella degli antichi e recenti epicurei, che fanno morta l'anima col corpo. Maliziosa: ma con male del Prossimo? poi che malizia ha ingiuria per fine. Ora fecero ingiuria, fecero il male al Prossimo questi epicurei? Se avessero fatto ingiuria o male, essi non sarebbero accidiosi o ignoranti volontari soltanto, ma avendo veramente contristato altrui con l'opera, si avrebbero a chiamare altrimenti: seminatori, ad esempio, di scandalo e di scisma. Così quelli che non solo amarono soverchiamente le ricchezze, ma per oro o per argento adulterarono le cose di Dio, non sono solo incontinenti nè si hanno a dire semplicemente avari, ma poi che fecero male al Prossimo, calcando i buoni e sollevando i pravi, si devono comprendere tra quelli che usarono malizia, e, anzi, malizia con frode. E così i lussuriosi, che respinsero la generazione della prole, e gli avari che rifiutarono il lavoro della terra, non sono lussuriosi e avari semplici. Ma quali sono essi?

E Dante disse:

Del Poema non questo o quell'uomo, ma l'Uomo è il soggetto. Leggiamo dell'Uomo le prime istorie, che sono nello Genesi. Di che peccò egli, dannando in sè tutta la sua gente? Peccò di superbia, come l'Angelo reo. Perchè? Perchè si volle sopraporre a Dio, trasgredendo il suo precetto, che era l'unico e in cui era l'unico segno della soggezione dell'Uomo a Dio. Appena commesso il peccato, egli decadde e per sempre, come l'Angelo; perchè quell'inalzarsi era un abbassarsi, e la superbia trae in giù, come l'umiltà conduce in su, come oltre che in S. Agostino è in S. Gregorio (Mor. XVI 35, XVII 37, XXXIV 16). Ora nei figli di Adamo ha luogo questa superbia che si estrinseca col volere inalzarsi sopra Dio e che è seguita dal subito cadere? Quando i figli di Adamo commettono uno di quei peccati per il quale disconoscono ogni legge e perciò ogni superiorità di Dio, nulla lasciando intatto della divina regola, essi al certo sono rei di superbia, ed è ragionevole credere che siano puniti senza mezzo. E non misconosce Dio e annulla tutta la sua regola, chi viola il precetto più semplice e ricusa di fare il meno che Dio domandi agli uomini? E i precetti più semplici sono i tre primi del Decalogo, ai quali si deve aggiungere, secondo i teologi, il quarto. In essi è il meno che Dio chieda agli uomini; e chi ricusa di farlo è reo di superbia. Ma i precetti del Decalogo sono tutti comandamenti di giustizia, e i tre primi di quella parte della giustizia che si chiama religione, e il quarto di quell'altra che è detta pietà; di giustizia però tutti; onde chi li viola fa contro la giustizia, commette ciò è ingiuria. Ora ingiuria è il fine della malizia; sì che si può dire che superbia è peccato di malizia. Ma la malizia contrista altrui o con forza o con frode: con quale delle due contrista altrui questo peccato di malizia che si chiama superbia? La frode è proprio male dell'uomo, perchè si compie con l'intelletto, e l'intelletto non è delle bestie ma solo dell'uomo. Ora l'intelletto entrò al certo nel peccato di Lucifero, in quello di Adamo, in quello dei Giganti, tutti superbi. E oltre l'intelletto, vi ebbe parte la volontà volta al male, e, sebbene in Lucifero solo metaphorice, l'appetito sensitivo. È dunque possibile che la superbia sia malizia con frode, poichè in essa superbia è l'intelletto, e la frode senza intelletto non può essere. Ma vi è veramente? Poi che violare i primi quattro comandamenti è rompere il vincolo speciale che ci unisce a Dio e a chi di Dio più tiene, in quella violazione è sempre frode, perchè dal benefizio deriva la fiducia, di cui abusare per commettere ingiuria tanto vale quanto usare frode. Anzi perchè dal vincolo più stretto si genera una fiducia più grande, la frode ancora sarà più grave. Dunque superbia è malizia con frode, e con frode più grave che altra malizia pur fraudolenta. Quale quest'altra malizia fraudolenta men grave di quella che si può chiamare tradere dal fatto di Giuda che con un bacio consegnò (tradidit: cfr. gli Evangeli) il Dio-Uomo ai Giudei? quale? Torniamo allo Genesi. Il diavolo superbo, e perciò invido, fu il pravo consigliere dell'Uomo. La sua invidia si estrinsecò in quel pravo consigliare. Si mutò in serpente, usò melate parole, sedusse, mentì, ingannò, scisse l'uomo da Dio. Anche dei figli di Adamo è invido chi compie sì fatte operazioni; chi insomma fa ingiuria al suo prossimo, agli altri uomini; poi che l'invidia è tra pari. E poi i teologi pongono grande somiglianza tra la superbia e l'invidia, facendo che dal male altrui, che tutti e due vogliono, sperino il superbo di guadagnare eccellenza o primato, l'invido di cessare il timore che ha di perdere quello che possiede di bene. Ora anche alla malizia con frode più grave è simile quella con frode meno grave, come la superbia all'invidia; e differiscono in questo che la prima malizia abusa di una fiducia speciale, che da uno speciale vincolo deriva, mentre la seconda deve sopraffare quella tanto languida, che non si può nemmeno chiamare fiducia, che deriva dal vincolo più largo e più lasso che lega gli uomini agli uomini. Onde si può affermare che come i maliziosi con frode speciale sono più tristi peccatori, gli altri debbano essere più scaltri ingannatori; e che, mentre i primi possono parere a volte più violenti che fraudolenti, come l'Angelo ribelle e i fieri Giganti, i secondi appaiono sempre nella forma vile del serpente che cauto striscia. E anche l'invidia, che teme, in ciò differisce dalla superbia che spera. Invidia è dunque malizia che ingiuria il Prossimo come superbia è malizia che ingiuria Dio e chi più a Dio somiglia; e offendono la prima l'umanità, la seconda la pietà, come dice Tullio, o la religione e la pietà, come specificano i teologi. E con frode sono tutte e due, e perciò con intelletto, e hanno a essere significate con simboli tricorpori e tricipiti: Gerione e Lucifero. Ma l'intelletto manca in altra malizia che ingiurii altrui, sì il Prossimo e sì Dio, con forza. Poi che vi manca l'intelletto, essa malizia con forza o violenza si può chiamare matta; si può chiamare bestialità, perchè non vi è l'elemento precipuo che distingue l'uomo dalle bestie, e vi è bensì la volontà, ma asservita all'appetito e per ciò è quasi non ci fosse, come nelle bestie; e perchè dell'appetito solo e della volontà a quello asservita consta tale peccato, essa avrà simboli di due nature, una bestiale, una umana: Minotauro, Centauri, Arpie. Ora tale peccato dai teologi è chiamato ira, che è breve pazzia, in cui l'intelletto entra appena per illuminare d'un lampo una offesa e un nemico, e poi di subito si spenge, lasciando compiere al buio una vendetta. Questa cieca cupidigia ci spinge anche contro noi stessi; a uccidere la nostra vita, quando è ira proprio, ciò è quando è malizia; come a offendere coi denti le nostre carni, quando è accidia volta al male, ciò è quando è incontinenza d'irascibile; contro noi stessi oltre che contro il Prossimo e contro Dio. Il che significa un autore, che molto è da seguire in tali speculazioni (Hugo de Sancto Victore: Alleg. in Matth. II xvi), dicendo: Superbia... aufert homini Deum, Invidia aufert ei Proximum, Ira aufert ei seipsum. Senza intelletto, a differenza dell'invidia e della superbia, opera l'ira folle: contro il Prossimo, danneggiandolo con vendette spietate e ingiuste; contro Dio, bestemmiandolo e spregiandolo, ma solamente col cuore ossia sotto il dominio dell'irascibile. Perciò irosi contro Dio sono quelli, non che abusano d'un suo benefizio, come i superbi, ma che si ribellano contro una sua condanna che essi ritengono ingiusta o un suo benefizio che essi apprendono come malefizio. E così intende l'autore sopra detto (Hug. de S. V. l. c.): Superbia... dicit, Deum non bonum esse, Invidia et Ira dicunt non benefecisse: illa, quia alii bonum contulit, ista, quia sibi malum intulit. Perciò coi bestemmiatori che rinnegano Dio in un empito di dolore, vanno uniti quelli che rifiutano di generare e di lavorare, respingendo due dolci comandi che fatti da Dio nella sua bontà al primo Uomo prima del peccato, sonarono poi, dopo il peccato, lugubri come una condanna pronunziata da lui nella sua giustizia, e parvero una ingiuria di cui quei peccatori vollero vendicarsi. E su questo ancora è necessità leggere il santo libro, lo Genesi. In tanto con esso libro si accordava la Fisica di Aristotele, come l'Etica rispondeva, quasi esattamente, ai libri teologici riguardo alla divisione delle colpe. Poi che nella malizia sono compresi i tre peccati spirituali, con questo che l'ira è più propriamente quella che Aristotele (non rettamente interpretato) chiama bestialità; e di questa trigemina malizia, di cui l'idea è negli Uffici di Tullio, sono simboli le tre Furie che hanno con sè il Gorgon che accieca e indura; e nell'incontinenza i tre peccati carnali. Resta il peccato medio, l'accidia, la quale è dell'operare e del contemplare, e dipende o da mancanza di volontà o da volontà volta al male. La prima è, nelle sue due specie operativa e contemplativa, sdegnata sì dalla misericordia e sì dalla giustizia di Dio; la seconda è punita dalla giustizia di Dio perchè è contro la giustizia. Ora questa seconda accidia per la sua specie operativa è incontinenza d'irascibile, per la sua specie contemplativa è malizia. Gli accidiosi per manco di volontà, volontario o meno, non sono compresi nelle tre disposizioni, come invero non devono essere compresi nell'inferno. Queste tre disposizioni sono simboleggiate nelle tre Fiere, rappresentando: la lonza l'incontinenza, il leone la bestialità, la lupa la malizia fraudolenta. E come la bestialità e la malizia fraudolenta hanno due cose, tra altro, in comune, la cupidità che affonda i mortali, presa in quel largo senso di cui è parola nei teologi (S. 1ª 2ae LXXXIV 1 e passim); la cupidità che ne è il principio, sia essa di eccellenza o di altri beni temporali o di vendetta; e l'accecamento e indurimento simboleggiati nel Gorgon, che ne sono l'effetto, tanto che per il più grave di essi peccati la pena segue subito la colpa; così il leone e la lupa sono tutti e due rabbiosamente famelici e dalla vista sprigionano la paura, e in particolare la lupa fa perdere la speranza.

XXXIX.

E Dante disegnò:

Nove sono i cieli del paradiso più l'empireo: nove siano i gironi dell'inferno, più la superficie terrestre con la selva selvaggia. Poi che i peccati sono sette, uno d'essi, l'accidia, sia punita in tre gironi nelle sue differenti specie. Vi è di essa una quarta specie, quella degli sciaurati che mai non fur vivi, e quelli restino al vestibolo, nella Terra dove essi vennero invano; vi restino a correre e correre perpetualmente in pena della loro ignavia. Così all'una riva e all'altra dell'Acheronte, sebbene non proprio allo stesso piano, stiano le due specie di accidiosi per manco di volontà, cui la misericordia e giustizia o sdegna addirittura, o nè può l'una accogliere nè deve l'altra punire. Nello stesso modo, fuori e dentro Dite, che è l'inferno della malizia, siano altre due specie di accidiosi rispondenti alle due prime, di rei nell'operare e di rei nel contemplare; differenti dalle due prime in quanto qui la volontà non manca, ma fu volta al male e offese la giustizia, senza però commettere ingiuria. Così gli accidiosi intorno a Dite corrispondono a quelli intorno Acheronte, nè forse per altro che per questa corrispondenza, corrono gl'ignavi fuori dell'inferno, e dentro l'inferno sospirano i non credenti e i non battezzati; nè forse per altra cagione caddero dal cielo gli angeli nè ribelli nè fedeli. Sotto le due coppie di accidiosi siano i peccatori, nell'inferno superiore, d'incontinenza, in tre gironi; nell'inferiore, di malizia (di cui la bestialità è la prima specie), pure in tre gironi. Ad Acheronte somigli Stige, a Caron Flegias, agli ignavi che mai non passano il fiume, i fangosi che mai non escono dal pantano: non degni quelli di passare, questi di uscire, perchè gli uni non fecero nè bene nè male e gli altri aderirono bensì al male, ma non lo fecero, o riconobbero bensì il bene, ma non lo operarono. Somigli al nobile Castello dove sospirano mestamente gli Spiriti magni, la città di Dite, lungo i cui spaldi sospirano duramente pur uomini che posero gl'ingegni a ben fare, uomini, come Farinata e lo secondo Federico, per molta e grande parte degni d'ammirazione e di rispetto. Le due specie di accidia comprese tra il ternario dell'incontinenza e quello della malizia, appartengano la prima all'incontinenza come di tali che non frenarono o non ebbero l'irascibile, e la seconda alla malizia come di tali che maliziosamente disconobbero Dio. Nè dei primi si abbia a raccontare alcun bene, nè dei secondi alcun male. E il Paradiso con le sue nove spere ricordi l'Inferno coi suoi nove gironi; i beati del cielo della Luna e di quello di Mercurio richiamino gli accidiosi per manco di volontà e quelli che ebbero la volontà volta al male; i pieni d'amore del cielo di Venere richiamino i lussuriosi del secondo girone, e Carlo Martello ripeta Francesca; i famelici di verace manna che godono nella spera del sole, facciano ripensare ai golosi battuti dalla pioggia nell'aer tenebroso del girone terzo, e in quel cielo come in questo girone si parli di risurrezione della carne; i combattenti per Dio del cielo di Marte rammemorino quelli del quarto girone, che perdettero Dio per amore di cosa che non dura, e lodino, per contrasto ai prodighi e agli avari, la parsimonia e la liberalità; e il cielo della giustizia conduca il pensiero alla palude e alla città dell'ingiustizia, e i giusti re ricordino i gran regi che giustizia temerono di fare e lasciarono dispregi di sè; e il mite Saturno sia contrapposto al cerchio dei violenti e dai Gemelli l'occhio si abbassi all'aiuola nostra, dominata dall'invidia; e nel Cielo Cristallino risuoni la maledizione alla cupidigia che è la radice di ogni peccato e alla superbia che fu il principio del cadere dell'Angelo e del dannarsi dell'Uomo. Il Purgatorio riproduca, come monte può riprodurre baratro, l'Inferno. Abbia sette scaglioni per i sette peccati nello stesso ordine dell'Inferno, ma il quarto dell'uno combaci col quinto e sesto dell'altro, comprendendo l'accidia come lento amore sì a vedere e sì a conseguire il Bene. Per questa corrispondenza il quinto e sesto girone dell'Inferno siano quasi allo stesso piano e come tutt'uno. Poi che converse a Dio salgono agli scaglioni del Purgatorio le anime, dai loro peccati sia cancellata l'aversione, e così esse purghino la sola conversione a un bene commutevole nel luogo a quella destinato. Poi che nove hanno a essere anche nel Purgatorio, le partizioni, si aggiunga ai sette scaglioni un Antipurgatorio di aversi da Dio sino a poco prima della morte, di acciecati temporaneamente (S. 1ª 2ae LXXIX 4); e siano questi di due specie, una di scomunicati, l'altra di non scomunicati; anzi perchè ricordino che quattro sono le sorti di accidia nell'inferno, la seconda specie di esse si sterzi; e perchè sia richiamato, per analogia, il nobile Castello degli Spiriti magni, e, per contrasto, il brago dei gran regi, sia in esso Antipurgatorio la Valletta amena dove serenano principi che non furono forse pari al grande officio loro, ma non ne furono nemmeno immemori, o, meglio, che pur negligenti della loro salute eterna, lasciarono tuttavia di sè onrata nominanza; e l'Antipurgatorio risponda anche all'Antiparadiso e Manfredi faccia pensare a Piccarda e i principi della Valletta agli Spiriti attivi di Mercurio. E all'Antipurgatorio presieda Catone che mostrò ciò che poteva, nell'infermità sua necessaria del volere, fare un pagano, irraggiato dalle sole quattro virtù umane, per la libertà di esso volere: rifiutare la vita. Un credente invece, movendo dalla selva selvaggia della servitù, salvando il suo volere dalle male disposizioni che il cielo non vuole, e purgandole dall'amore del male, dal lento amore del bene, dal soverchio amore del bene che non è bene, può salire di grado in grado il santo monte e giungere alla divina foresta, e avere libero dritto sano il suo arbitrio; e ascendere all'Empireo. Selva, foresta, Empireo: complementi del nove nelle tre Cantiche.

Epilogo.

Una faccia adunque della oscura Minerva si è illuminata. Il lume che batte su quella è certo che rischiarerà ciò che nel Poema resta ancora d'ombra e di penombra. Ed è lecito sperare sin d'ora che essendo determinato il pensiero di Dante in una parte principale ed essenziale quale è la costruzione etica della più grande, anzi divina, estrinsecazione della sua mente, la mente di Dante quanto ella è vasta e profonda si rivelerà a noi. Potremo in tanto noi con la detta determinazione circoscrivere, e perciò giudicare e conoscere, il complesso de' suoi studi e delle sue fonti. E questa conoscenza sarà tale un passo, che poco più spazio ci resterà alla meta.